萬海 韓龍雲漢詩集

이장우 · 권혁화 · 신보균 · 주동일 共譯

明文堂

추천사

《만해 한용운 한시집》을 펴냄에 부쳐서

만해 한용운(1879~1944)은 충남 홍성의 충훈부 도사 한응준의 차남으로 태어났다. 부친의 엄격한 교육에 힘입어 만해는 6세 때부터 서당에서 한학 공부를 시작하였다. 《천자문千字文》, 《동몽선습童蒙先習》을 익힌 후 사서오경四書五經을 중심으로 유교 경전 중에 가장 핵심적인 내용을 접하였다. 9세가 되던 해에 《서상기西廂記》와 《통감通鑑》을 독파할 정도의 실력을 쌓았다. 이때 이미 '박철동의 신동' 소리를 들으며 인문의 기본인 한학에 상당한 실력을 쌓았다. 그 이후 서당의 숙사塾師가 되어 훈장의 역할을 하였다.

1905년(27세) 불교에 입문하여서는 백담사 김연곡金蓮谷을 스승으로 귀의했고, 전영제全泳濟에게 수계受戒했다. 백담사에서 학승인 이학암李鶴庵을 스승으로 《아함경阿含經》, 《반야경般若經》, 《능엄경楞嚴經》, 《원각경圓覺經》, 《열반경涅槃經》, 《기신론起信論》을 공부하였다. 1907년(29세) 4월 15일, 강원도 건봉사에서 최초의 선禪 수업인 수선안거首禪安居를 수행하였다. 이 무렵 만화선사로부터 법을 인가받아 법제자가 되었다.

1908년(30세) 건봉사에서 이학암李鶴庵을 스승으로 《화엄경華嚴經》을 공부하였다. 1909년 7월 30일에 강원도 금강산 표훈사의 불교 강사로 취임하며 선교禪教를 두루 익힌 대강백이요, 대선사로 자리매김하였다. 또한 팔만대장경을 압축하고 농축한 《불교대전佛教大典》의 발행, 그리고 홍자성의 《채근담菜根譚》도 편찬하여 세상에 내놓았다. 만해 한용운의 한시집은 이러한 인문학적 소양 위에서 시대적 흐름을 따라 나타난 정서를 한시로 표현한 것이다.

만해 한용운의 한시집은 잡저雜著라는 제목으로 남아 있다. 잡저는 말 그대로 일정한 체제가 없이 잡다한 의견이나 이야기를 자유롭게 쓰는 한문 문체이다. 만해도 일생 동안 경험하고 느낀 일과 그때그때의 단상을 적어 나갔던 것이다. 잡저에서 필수불가결한 것은 그 주장이 반드시 의리義理에 부합하여야 한다는 것으로, 현대식 잡문과는 구별이 된다고 하겠다. 그러므로 잡저는 의리를 근본으로 하고 성정性情에서 나와야 한다는 전제가 붙게 되는 것이다. 만해 한용운의 한시집 내용을 살펴보면 만해 한용운의 내면의 모습을 살펴볼 수 있는 이유가 되기도 한다.

만해 한용운의 한시집은 잡문雜文을 모은 책으로, 문장이 그 일에 따라서 각기 다르게 이름이 붙여지며 일정한 체제가 없는 것이 특색이다. 옛사람들은 사람의 공부를 평가하는 데 가장 먼저 잡저를 본다고 하였으므로, 여기에서도 만해 한용운의 잡저의 특징을 통하여 만해를 이해하는 길을 찾을 수 있을 것이다.

만해 한용운의 한시집은 만해 사후(1944. 6. 29) 제자 박광朴洸 선생이 간직하다가 6·25전쟁의 혼란기를 거쳐 효당 최범술(금봉) 스님이 소장하게 되었다. 이 자료를 친구인 청사 안광석 선생이 《萬海先生詩集 全 安光碩 題》라고 하여 한시집으로 출간하였다. 만해 선생의 한시집은 1972년 겨울에 안명언安明彦의 서문序文과 이가원李家源 교수 찬으로 되어있고, 1973년 계축 춘 2월 후학 오제봉吳濟峯 근지謹識로 발문을 썼다. 발행 날짜는 계축(1973) 10월 15일〔癸丑十月望日〕로 되어있고, 발행처는 대동불교연구원편으로 되어있으며, 1975년 6월 15일 보련각에서 100부 한정판으로 영인본을 펴냈다가, 다시 1995년 12월 15일에 한정판 200부를 발행하였다.

만해 한용운의 한시집이 본격적으로 번역 출간된 것은 신구문화사에서 발행한 한용운전집 1(1974. 7. 25)의 《산가의 새벽》으로 한시 163수가 처음으로 활자화되었다. 당시 불교학자요 시인이던 이원섭(李元燮 : 1924~2007) 선생에 의하여 처음 번역되어 세상에 나왔다. 그 이후 몇 사람의 역주가 번역되어 나왔으며, 1980년대에는 만해 한시에 대한 몇 편의 연구 논문도 나왔다.

그러나 본격적인 이원섭의 역주가 나온 지 50년의 세월이 흐르는 동안 새로운 자료를 바탕으로 시대에 맞는 주석서가 필요하다는 독자의 요청이 있었다. 대구의 중진 한학자인 주동일朱東一, 권혁화權赫和, 신보균申補均 등이 이장우李章佑 박사의 지도 아래 번역된 《만해 한용운 한시집》을 새롭게 내게 되었다. 이 《만해 한용운 한시집》은 한문 원문의 한 구절 한 구절을 본래의 뜻에 충실하게 번역을 시도한 축자역逐字譯과, 주석註釋을 상세하게 달고, 최대한 한글로 풀고 한자를 병기한 특징이 있다.

《만해 한용운 한시집》은 인간 한용운을 이해하는 중요한 관점이다. 세상을 바라보는 마음의 창으로 한시만 한 자료가 없다는 점에 역자들이 주목하였다. 만해 한용운의 한시를 만해의 성정性情을 중심으로 번역하다 보면 멋스러움은 있으나, 본질과 멀어지는 아쉬움을 범하기 쉬운 점이 있다. 이 점을 염두에 두고 글자 한 자字도 빼놓지 않고 모두 찾아보고 풀이를 하였다. 안다고 생각하거나, 전에 찾아본 것도 다시 찾아본다는 관점인 축자역逐字譯은 글자 한 자 한 자에 너무 치우치다 보면 전체를 보지 못하는 통찰의 문제점이 있으나, 지도교수인 이장우 박사의 다듬어 내는 열정이 있어 기우에 지나지 않음을 확신한다.
만해 한용운의 한시집은 지금까지는 편년체의 번역 중심이었으므로 시대의 흐름을 따라가는 장점이 있다. 그러나 새롭게 선보이는 《만해 한용운 한시집》은 시의 내용을 다섯 마당으로 분류한 특징이 있다. 첫째 번뇌煩惱·사향思鄕, 둘째 구도求道·

만행漫行, 셋째는 열반涅槃·적정寂靜, 넷째는 인욕忍辱·해탈解脫, 끝으로 심우尋牛 편으로 나누었다. 주제를 명확하게 부각하고 번역한 점이 눈에 띄어, 새롭게 바라보는 관점이 이채롭다. 다만 다섯 마당 중 셋째를 인욕忍辱·심우尋牛로 하고, 넷째는 해탈解脫·열반涅槃, 끝으로 적정寂靜의 세계로 분류하면 어떨까 싶기도 하다. 이렇게 구성하면 만해 한용운의 구도의 삶의 여정을 이해하는 데 더 도움이 되지 않을까 하는 기우 아닌 기우를 해 보았다.

아무쪼록 만해 한용운의 삶의 여정과 깊이를 이해하는 하나의 길이 한시에 있음을 다시 한번 확인시키는 좋은 길잡이 역할을 한 공역자에게 찬사를 보낸다.

2023년 7월 30일 효해원에서

전보삼全寶三 (철학박사 · 만해기념관장)

서 문

《만해 한용운 한시집》을 다듬어 내면서

1.

필자는 일반 선비의 시는 더러 읽고 번역도 하였지만, 스님들의 시는 읽은 것이 드물다. 그런데, 이 책을 내게 된 데는 해제에서도 밝히는 바와 같이, 우연한 기회에 역자譯者를 알 수 없는 만해선사 한용운의 번역 시 140편 정도를 입수한 때문이다.

이 역자 미상인 번역 초고를 대구에 있는 불교신자인 한문학자 주동일 선생에게 보여주고서, 위에 번역된 시말고도 다른 시들이 더 있는지 찾아보고서 보완하여 단행본 한 권을 만들면 좋겠다고 제안하였다. 이 말을 듣고서 주선생은 필자도 잘 알고 있는 그의 친구인 고등학교 국어과 교사 권혁화 선생, 신보균 선생과 힘을 합하여, 만해선사의 한시는 물론 그분에 관련된 여러 자료를 두루 모아, 이 《만해 한용운 한시집》 초고를 마련하여 필자에게 보내주었다.

필자는 이 친구들이 찾아본 것 중에서 한국어로 현대시를 썼고, 《당시삼백수唐詩三百首》 번역·해설로도 이름 높았던 이원섭李元燮 선생이, 만해의 한시도 완역하여 낸 책이 있다는 것을 알게 되었다. 그래서 필자는 우리가 시도한 작업을 그만둘까 하는 생각도 하였으나, 한편으로 생각하니 지금처럼 한문을 어렵게만 생각하는 세대의 사람들에게, 한시 원문을 좀 더 쉽게 번역하고, 한문 구절마다 한글 음도 밝혀주고, 매 구절 뒤에는 토도 달고〔현토懸吐〕, 또 주석도 자세히 쉽게 추가하면, 그래도 조금은 새로운 모습이 되지 않을까 싶은 생각을 하였다. 그래서 이 친구들이 보낸 원고를 두세 차례 읽어 보면서 수정 가필하여, 체제도 통일하고 시 풀이도 되도록 평이하게 다듬어 보았다.

2.

한시 시체에도 여러 종류가 있고, 한시의 멋을 설명하는 이론에도 여러 갈래가 있지만, '직관적인 느낌〔묘오妙悟〕을 몇 자 되지 않는 글자 안에 적절하게 담아내는 것이 훌륭한 시가 된다.'라는 주장〔시선설詩禪說〕도 있을 정도로, 한시는 태생적으로 선禪과도 매우 가까운 예술형식이다. 중국이나 우리나라 선비들이 쓴 한시에는 이러한 기준으로 살펴보아도 훌륭한 시가 많지만, 스님들의 한시에는 이러한 기준에 맞는 시를 쓴 스님도 있지만, 그렇지 않은 스님의 시가 오히려 더 많았던 것 같다.

역시 시는 시 나름의 법이 있으며, 그 위에 멋과 맛을 겸하여야 하는데, 이러한 면을 아우른 시승詩僧의 시는, 많은 승려가 수많은 시 같은 운문을 남겼음에도 불구하고, 실제로 잘된 시는 드물다고 들었다.

〈님의 침묵〉 같은 만해의 한글 시는 내용을 이해하기 쉽지 않아, 필자는 만해가 쓴 한시가 매우 어려울 것으로 생각하였다. 그러나 이번에 읽어보니, 긴 시가 별로 없을 뿐만 아니라, 구문이 특별히 어렵게 생각되지도 않았다. 이러한 생각이 드는 데는 앞에서 말한 좋은 번역이 있는 데다, 대구에 있는 이 책의 공역자들이 어려운 말에 대한 풀이를 이미 자세하게 풀어둔 덕분이기도 하겠다.

그러나, 대체로 만해의 한시는 일반 선시禪詩처럼 묘한 깨달음을 적은 시도 있지만, 평범한 스님으로서 일상생활에서 경험하는 여러 경물景物을 담담하게 적은 것이 대부분이다. 일반적으로 한시에도 자주 사용되는 어휘들, 이를테면 술〔酒〕은 말할 것도 없고, 달〔月〕, 바람〔風〕, 구름〔雲〕, 꽃들〔매화, 국화〕, 새들〔鷗, 雁〕, 고요함〔靜〕, 적막함〔寂〕, 그윽하게 사는 사람〔幽人〕, 도를 같이하는 친구들〔道伴〕, 산골짜기 바위틈으로 흘러내리는 물줄기〔泉石〕, 방방곡곡의 호젓한 절간 풍경이나 분위기 같은 것에 관련된 단어와 묘사를 볼 수 있다.

3.

만해선사는 1879년(고종 16년) 기묘년己卯年 생이니, 금년〔2023년, 계묘년〕을 기준으로 보면, 이미 토끼〔묘卯〕라는 간지의 해가 12번이나 바뀌었다. 필자의 생년이 1939년 기묘년이니, 만해선사의 회갑 연도에 필자가 태어난 것이다. 말하자면 띠동갑이다.

근세 한국 역사의 격동을 생각한다면 144년 전에 태어나서 66세〔1944년〕로 일기를 마치신 이 어른의 파란만장한 일생은, 비록 여러 글을 통하여 대충 읽어볼 수는 있지만, 마음속으로 깊이 이해하기 힘든 대목이 많다. 아무리 나라가 망하는 것을 그냥 앉아서 볼 수가 없다고 하더라도 향리에서 글방 선생으로 한문을 가르치다가 조강지처와 아이를 두고 출가한 것이나, 스님이 된 후 세계여행을 계획하고 러시아 블라디보스토크로 건너갔다가 첩자로 오해받아 죽을 고비를 넘긴 일 같은 것은 필자 같은 졸장부는 잘 알기가 어렵다.

무엇보다도 불교의 교리나 선정禪定이라는 깊은 경지도 잘 모르므로, 어떻게 그 높고 독특한 면모와 우뚝한 경지를 두루 안다고 말할 수 있겠는가? 다만 앞에서 말한 것처럼, 한시를 조금 번역하여 본 경험이 있어, 만해선사의 한시도 조금 쉽게 풀어보고 싶었을 뿐인데, 마침 좋은 친구들을 만나서 이 일을 이 정도로나마 성사하게 되니 매우 즐겁다.

2023년 초여름 서울 진관동에서

이장우李章佑 적음

차 례

Ⅱ. 구도求道 · 만행漫行 73

Ⅲ. 열반涅槃 · 적정寂靜 127

해제(解題)

《만해 한용운 한시집》 역주

만해선사의 또 다른 이름을 조선의 유마힐維摩詰, 한말의 원효元曉라고 말할 수 있으리라고 역자는 생각한다. 만해 한용운 선사는 우리나라 근대사에 큰 자취를 남기신 분이다.
3·1운동, 〈님의 침묵〉, 불교 개혁 등등 정치·문학·독립운동에 끼친 영향을 필설로 표현하기 어려운 일들을 이루어 내신, 보통 사람이 감히 올려다보기 어려운 경지에 있는 분이라 할 수 있을 것이다.
그중 근대시의 중요한 걸작이라고 할 수 있는 〈님의 침묵〉이 만해선사의 문학을 대변하고 전부인 것으로 인식하고 있지만, 한말에 태어나신 만해선사는 전통 학문인 한학漢學을 입신양명立身揚名의 도구로 연마하였지만, 과거를 볼 수도 없는 태풍 같은 변혁의 시대를 살아오시면서 한시를 지었다는 것은 한시가 그래도 버릴 수 없는 관행으로 지속된 것이라고 할 수도 있다.

만해선사의 한시는 일생에서 여러 일을 만날 때마다 자신의 마음과 느낌을 어려서부터 공부한 한학을 바탕으로 평생에 걸쳐 표현하신 것으로, 이로 미루어 한시를 통해 만해선사의 정신세계의 일면을 살펴볼 수도 있을 것이다.

만해선사의 한시는 오랜 기간에 걸쳐 지어졌을 뿐 아니라, 시대의 흐름과 사상적인 영향을 덜 받은, 한시 본연의 모습을 충분히 간직하고 표현하였다고도 볼 수 있을 것이다. 시, 시조, 소설, 수필, 논설, 논문, 주석서 등 다양한 장르의 글을 쓰셨지만, 한시를 통하여 인간 한용운의 모습을 무엇보다 가까이에서 볼 수 있을 것으로도 생각한다.

이런 까닭에 이 책에서는 《한용운전집》의 한시를 비롯하여 만해선사의 저작으로 확인된 한시를 모두 모아 현대인의 감각에 맞추어 풀이하여 보려 하였다. 또한 시대적인 흐름으로 나열된 만해선사의 한시를 시에 표현된 정서를 중심으로 분야를 나누어, 그분이 시를 지을 당시의 정서를 확인하고 공감하여 보고자 한다.

이미 출간된 만해선사의 한시 번역은 1973년에 간행된 《한용운전집》(신구문화사)과, 1979년에 간행된 《증보 한용운전집》(신구문화사)이 있는데, 시인이며 한학자인 이원섭李元燮(1924~2007) 선생의 풀이와 번역, 주석은 매우 훌륭하다. 그래서 그 이후에 발행된 《만해 한용운 시전집》도 선생의 풀이를 많이 참고하였다. 그 외에 서정주, 구본홍, 이병석 등의 역주가 있기는 하지만, 그 내용과 수준에 편차가 심하다.

만해선사 한시에 대한 연구는 1980년대부터 시작되어 20편내의 연구가 이루어졌다. 김종균의 《한용운 한시와 시조-그 옥중작을 중심으로》, 이병주의 《만해선사萬海禪師의 한시漢詩》, 박정환의 《만해한용운한시연구萬海韓龍雲漢詩研究》 같은 저술과 장희구, 이승하, 김종인 등 관련 논문이 발표되었다. 여기서는 김종인의 《한용운의 한시漢詩 연구》의 내용을 많이 참고하였다.

한문과 한시 자체가 소멸해 가는 시기에 지어진 만해선사의 한시는 문학사적으로 의미를 부여하기 힘들다고 할 수 있다. 그렇지만 불교개혁론자로, 민족운동가로, 한국 근대사에 큰 비중을 차지하는 그의 한시는, 그의 사상과 인간 한용운을 이해할 수 있는 한 가지 중요한 바탕이 되리라고 생각할 수도 있을 것 같다.

오랫동안 승려였으며 죽을 때까지 참선 수행을 하였고, 낱낱이 고증할 수는 없지만, 한시의 상당수가 승려의 신분에서 쓴 것이 분명하므로, 그의 한시를 대개 불가佛家의 시라고 불러도 대체로 무난하다고 생각한다. 그러나 만해선사의 한시는 불교의 이념이나 교리를 넘어 인간 본연의 감각으로 세상을 보고 느낀 바를 자연스러운 감정으로 표현하고 있으므로, 그는 선사로서, 또 시인으로서 자신의 마음을 남김없이 표현하였다고 할 수 있을 것이다.

따라서 이 책에서는 시의 내용을 다섯 마당으로 분류하여 시인의 마음을 쉽게 풀어서, 난국亂局의 지식인으로서, 부처님의 제자로서 주어진 상황마다 최선을 다한 풍운아風雲兒이자 선사인 선생의 족적을 다시 소개하여 보고자 한다.

Ⅰ. 〈번뇌煩惱 · 사향思鄕〉 편에서는 만해의 님이라고 표현할 수 있는 시와, 시를 짓지 않을 수 없는 괴로움을 표현한 시와, 태어난 홍성을 떠난 후 한 번도 찾아가지 않았지만, 누구에게나 영원히 마음의 위안과 안식이 되는 고향과, 그리움에 관한 시를 한 편으로 묶었다.

Ⅱ. 〈구도求道 · 만행漫行〉 편에서는 몰락한 선비 가문에서 태어나 굴곡진 삶을 거쳐 불교에 입문하고, 새로운 넓은 세상의 도를 찾아 만행의 길에 나섰던 만해의 마음을 표현한 시를 담았다.

Ⅲ. 〈열반涅槃 · 적정寂靜〉 편에서는 경물〔梅, 菊, 月, 酒, 雲, 風, 雪 등〕을 노래한 시를 모았다.

Ⅳ. 〈인욕忍辱 · 해탈解脫〉 편에서는 문득 지은 즉사卽事, 따로 제목을 붙이지 않은 무제無題 시와, 3 · 1운동으로 서대문형무소에 갇혀 있을 때 쓴 시를 따로 모아 해탈의 경지를 살펴보려 하였다.

Ⅴ. 〈심우尋牛〉 편에는 스님으로서 구도를 위한 몸부림과, 그 깨달음을 체득하는 과정에서 느끼는 인간적인 갈등과, 도반－영호映湖, 유운화상乳雲和尙 등－과의 교유 내용을 담았다.

감히 만해선사의 시를 풀이하게 된 것은 3년 전쯤 은사이신 이장우李章佑 선생님께서 모 지방지 서예전 심사를 다녀오시면서, 우연히 역자 미상의 만해 한시 대역 초고 한 묶음을 입수한 것을 주시면서 시중에서는 구할 수 없는 귀한 자료이니 한번 다시 검토하여 잘 풀어보라고 말씀하신 일이 계기가 되었다. 오래전부터 불교 교리와 수행을 실천하는 제자에게 흡사 불심을 한번 시험해 보시는 것 같아 만해선사의 자료를 뒤지고, 만해 문학 전집의 만해 한시를 낱낱이 찾아 확인하였다. 한시에 음을 달고, 토를 달아 일반 독자들이 읽기에 편의를 도모하고, 우아하고 수려한 원시의 풀이를 평이하게 하여 한문이나 한시에 관심이 있는 분들이 누구나 곁에 두고 편하게 읽을 수 있도록 하는 것에 중심을 두고 작업을 진행하여 이렇게 책 한 권을 만들게 되었다.

몇 차례나 교열해주신 이장우 선생님께 감사의 인사를 올리며, 출판을 맡아 준 명문당과, 세심하게 교정을 보아 주신 이은주 선생님께도 감사의 인사를 드린다.

2023년 6월

주동일朱東一 삼가 씁니다

■ 일러두기

1. 저본으로 삼은 책은 조지훈, 박노준, 최범술 등으로 구성된 한용운전집 간행위원회에서 간행한 《한용운 전집》(신구문화사 간) 1973년과 1979년 증보 초판, 1980년 증보 재판 제1권에 실린 한시를 바탕으로 하였다.
2. 시의 번역은 축자역(逐字譯)을 원칙으로 하되, 더러 의역하기도 하였다.
3. 주석은 최대한 한글로 풀고 필요할 경우 한자를 병기하였다.
4. 앞에 이미 나온 주석은 번호를 표기하여 참조하도록 하였다.

Ⅰ.

번뇌煩惱 · 사향思鄕

만해선사의 님이라고 표현할 수 있는 시와, 시를 짓지 않을 수 없는 괴로움을 표현한 시와, 태어난 홍성을 떠난 후 한 번도 찾아가지 않았지만, 누구에게나 영원히 마음의 위안과 안식이 되는 고향과, 그리움에 관한 시를 한 편으로 묶었다.

1) 산가효일(山家曉日)

산골 집의 새벽

山窓睡起雪初下 산창수기 설초하 하니

일어나니 창밖에 첫눈이 내리는데,

況復千林欲曙時 황부천림 욕서시 라

온 숲에 다시 먼동이 트려는 것 같음에라.

漁家野戶皆圖畵 어가야호 개도화 하니

어부의 집도 들판 집도 모두 그림 같으니,

病裡尋詩情亦奇 병리심시 정역기 라

병중에도 시를 찾는 이 마음 또한 기이하구나.

2) 효일(曉日)

새벽

遠林煙似柳 원림 연사류 하고

먼 숲에 안개 끼니 버들인 듯하고,

古木雪爲花 고목 설위화 라

고목에 내린 눈은 꽃이 되었다네.

無言句自得 무언 구자득 하니

말하지 않아도 시구 저절로 이루어지니,

不奈[1]天機[2]多 불내 천기다 아

어쩌랴? 하늘의 조화는 끝이 없는 것을.

---

1) 불내(不奈) : 어찌할 수 없다는 뜻의 불가내하(不可奈何)와 같다.
2) 천기(天機) : 하늘의 조화. 모든 조화를 꾸미는 하늘의 기밀. 천지조화의 기밀.

3) 자민(自悶)

혼자 번민하다

枕上夢何苦　침상 몽하고 오

베갯머리 꿈은 어찌 이리 괴로울꼬?

月中思亦長　월중 사역장 이라

밝은 달을 바라보니 생각은 끝이 없네.

一身受二敵[1]　일신 수이적 하니

한 몸으로 두 적(敵)을 견디노라니,

朝來鬢髮蒼[2]　조래 빈발창 이라

아침이 되자 머리털 희끗희끗해졌다네.

---

1) 이적(二敵) : 괴로운 꿈과 괴로운 생각. 번뇌(煩惱).

2) 빈발창(鬢髮蒼) : '머리털이 세어 희어지다'라는 뜻. '창(蒼)'의 본뜻은 푸르면서 흰색을 띤 것.

4) 자락(自樂)

혼자 즐기다

佳辰傾白酒 가신 경백주 하고

좋은 날에 낮술을 기울이고,

良夜賦新詩 양야 부신시 라

좋은 밤에 새로 시 한 수 읊어본다네.

身世兩忘去 신세 양망거 하니

나와 세상 아울러 잊어버려도,

人間自四時 인간 자사시 라

사람 사는 세상의 사계절은 저절로 돌아간다네.

5) 모세한우유감(暮歲寒雨有感)

연말에 찬비가 내려 느낌을 쓰다

寒雨過天末 한우 과천말 하니

찬비가 하늘가를 스쳐 가니,

髮邊暮歲生 발변 모세생 이라

귀밑머리 양쪽에 해 저무는 흔적 생겨나네.

愁高百骸[1]低 수고 백해저 하니

시름은 커지고 이 몸뚱아리 도리어 작아지니,

全身但酒情 전신 단주정 이라

온몸에 다만 술 생각만 솟구치네.

歲寒酒不到 세한 주부도 하니

날씨는 추운데 술은 아니 오니,

歸讀離騷經[2] 귀독 이소경 이라

돌아가 《이소경》이나 읽으려네.

** 이 시는 10구의 고시 형태로 쓰였다.

1) 백해(百骸) : 몸을 이룬 모든 뼈. 내 몸뚱아리.

2) 이소경(離騷經) : 전국시대 말기 초(楚)나라의 불행한 충신 굴원(屈原)이 지은 장편 운문 가사(歌辭). <초사(楚辭)>의 기원.

傍人亦何怪 방인 역하괴 오

사람들은 또 무엇이 괴이한지?

罪我違淨行[3] 죄아 위정행 이라

계율을 어겼다고 나를 허물하려 하네.

縱目[4]觀下界 종목 관하계 하니

눈 닿는 데까지 세상을 굽어보니,

盡地又滄溟[5] 진지 우창명 이라

땅이란 땅은 또 다 바다로 바뀌었구나.

3) 정행(淨行) : 청정한 행위, 계율(戒律).

4) 종목(縱目) : 눈길 닿는 데까지 마음껏 봄.

5) 창명(滄溟) : 대붕(大鵬)이 산다는 북명(北溟)을 가리킨다. 북명에 사는 곤(鯤)이라는 물고기가 대붕으로 변하여 남명(南冥)으로 날아가는데, 한번 날아오르려면 물 위로 3천 리를 내달려서 비상하고, 한번 비상하면 9만 리나 높이 날아올라 6개월을 쉬지 않고 날아서 남명에 닿는다고 한다. -《장자(莊子)》 <소요유(逍遙遊)> 상전벽해(桑田碧海)의 고사를 인용함.

6) 한유(閒遊)

한가히 노닐다

半世風塵無道術　반세풍진 무도술 하니

반평생 풍진 세상 도술 없이 사는 이 몸,

天涯淪落但淸遊　천애윤락 단청유 라

세상 끝에 떨어졌어도 다만 맑게 놀 뿐이라네.

偶得新詩題白屋　우득신시 제백옥 하고

어쩌다 새로 시를 얻으면 가난한 집 벽에 써두고,

又隨明月到靑邱[1]　우수명월 도청구 라

또 밝은 달 따라서 청구로 가리라.

高歌斷處思千古　고가단처 사천고 하니

소리 높여 부르던 노래 끊어진 곳에서 천 년 전을 생각하니,

幽興來時消百愁　유흥래시 소백수 라

그윽한 흥이 일어날 때면 온갖 근심 사라지네.

---

1) 청구(靑邱) : 도교에서 신선이 사는 곳. 글자 그대로 푸른 언덕, 우리나라를 뜻하는 다른 표현으로 쓰이기도 함. '장주(長洲)의 일명은 청구(靑邱)인데 이곳에 자부궁(紫府宮)이 있으니 천진선녀(天眞仙女)가 이곳에서 노닌다.'라고 하였다. -《해내십주기(海內十洲記)》

夜闌歸臥白雲榻　야란귀와 백운탑 하니

한밤중에 돌아와 흰 구름 머무는 평상에 누우니,

夢似丹靑[2]自不收　몽사단청 자불수 라

꿈이 그림인 듯하나 스스로 거두어들일 수 없구나.

---

2) 몽사단청(夢似丹靑) : 단청은 그림. 꿈에도 산수를 찾기에 그림과 같다고 한 것.

7) 사향(思鄕)

고향 생각

歲暮寒窓方夜永　세모한창 방야영 하니

세밑 차가운 창가에 바야흐로 밤은 길어,

低頭不寐幾驚魂　저두불매 기경혼 고

고개 숙여 잠 못 들고 몇 번이나 깨었던가?

抹雲淡月成孤夢　말운담월 성고몽 하니

한 줄기 구름 열은 달빛에 꿈도 외로워서,

不向滄州[1]向故園　불향창주 향고원 이라

창주로 향하지 못한 마음 고향으로 향한다네.

1) 창주(滄州) : 창강(滄江). 물가에 있는 저지대로 은사의 거처를 뜻한다.

8) 사향고(思鄉苦)

고향을 생각하는 괴로움

寒燈未剔[1]紅連結　한등미척 홍련결 하고

심지 안 따 희미한 등불 불그스레 이어지고,

百髓低低未見魂　백수저저 미견혼 이라

온몸이 가라앉아 혼도 찾기 힘들었다네.

梅花入夢化新鶴　매화입몽 화신학 하니

매화가 꿈속에 들어와 새로 학이 되더니,

引把衣裳說故園　인파의상 설고원 이라

옷자락을 끌어당겨 고향 이야기를 해주네.

---

1) 미척(未剔) : 등불의 심지를 따주지 않음. 심지를 따주지 않으면 불꽃이 갑자기 붉게 커지다가 곧 꺼지게 됨.

9) 자소시벽(自笑詩癖[1])

시 짓는 버릇을 생각하다 혼자 웃다

詩瘦[2]太酣反奪人[3] 시수태감 반탈인 하고

시 짓는 달콤함에 야위고 도리어 탈진도 하고,

紅顔減肉口無珍[4] 홍안감육 구무진 이라

홍안에 볼살 빠지고 입맛도 잃었다네.

自說吾輩世出俗 자설오배 세출속 이나

우리는 세속을 떠난 사람들이라고 혼자 말해보지만,

可憐聲病[5]失靑春 가련성병 실청춘 이라

가련토다! 시벽에 빠져 잃어버린 내 청춘이여.

---

1) 시벽(詩癖) : 음벽(吟癖)과 같은 말로 시 짓기를 지나치게 좋아하는 성벽을 말한다.

2) 시수(詩瘦) : 시를 괴로이 읊다가 파리해진 것을 말함. 두보의 〈저녁에 사안사 종루에 올라 배씨댁 열째 적에게 띄움(暮登四安寺鐘樓寄裴十迪)〉 '그대 괴로운 생각 시 때문에 여윈 줄 아노니, 친구에게 만사를 게을리하는구나.(知君苦思緣詩瘦, 太向交游萬事慵.)' - 《두소릉시집(杜少陵詩集)》 권9

3) 반탈인(反奪人) : 도리어 사람의 기운을 뺏는다.

4) 구무진(口無珍) : 입맛이 없음. 진(珍)은 좋은 맛의 음식을 뜻하는 진미(珍味).

5) 성병(聲病) : 양(梁)나라 때의 문인이자 학자인 심약(沈約, 441~513)이 세운 팔병설(八病說)에 나오는 말로, '결점이 있는 시부(詩賦)의 평측(平仄)·성률(聲律)이 맞지 않는 것'을 말한다. - 한국고전 DB 각주 정보

10) 비풍설폐내외호창흑지간서희작(備風雪閉內外戶窓黑痣[1]看書戲作) 이수(二首)

바람과 눈을 막고자 안팎의 문틈을 모두 바르고 책을 보다가 장난삼아 짓다 2수

그 첫째

風雪撲飛重閉戶　풍설박비 중폐호 하니

눈보라 후려쳐 문짝을 여러 겹 막아 놓으니,

晝齋歷歷見宵光　주재역력 견소광 이라

한낮 서재가 밤중같이 깜깜하구나.

對書不辨二三字　대서불변 이삼자 하니

책을 마주하고도 두서너 자도 분별할 수 없으니,

闔眼試思南北方　합안시사 남북방 이라

눈을 감고 남방인지 북방인지 생각해보네.

---

1) 흑지(黑痣) : 원래 검은 사마귀의 뜻. 다른 말로 묵지(墨痣)·흑자(黑子)·염자(黶子)라고도 한다. 협소한 땅을 사람 몸의 검은 사마귀에 비유한 말. - 한국고전 DB 각주 정보

그 둘째

山堂門戶化翁[2]作　산당문호 화옹작 하니

산속 집의 문을 조화옹이 만든 것 같으니,

開闔便看晝夜新　개합편간 주야신 이라

열고 닫으며 문득 밤과 낮의 새로움을 본다네.

自家不解明暗理　자가불해 명암리 하니

내 집 명암의 이치도 알지 못하면서,

還笑人間賣曆人　환소인간 매력인 이라

도리어 인간 세상 달력 파는 이를 비웃는다네.

---

2) 화옹(化翁) : 조물주인 조화옹(造化翁)이라고 한 것은, 문을 닫으면 밤같이 어두워지고, 열면 낮이 되는 까닭에 문을 조화옹이라고 비유한 것이다.

11) 독좌(獨坐)

홀로 앉아

朔風吹斷侵長夜 삭풍취단 침장야 하니

삭풍이 몰아쳐서 긴긴밤을 침노하니,

隔樹鐘聲獨閉門 격수종성 독폐문 이라

숲 건너 종소리에 홀로 문을 닫았다네.

青燈聞雪寒生火 청등문설 한생화 하고

눈보라 쳐도 청등엔 싸늘한 불 피어오르고,

紅帖剪梅香在文[1] 홍첩전매 향재문 이라

붉은 종이쪽으로 오린 매화 무늬에 향이 묻어날 듯하다네.

三尺新琴伴以鶴 삼척신금 반이학 하고

석 자 새 거문고 곡조 학과 짝이 되고,

一間明月與之雲 일간명월 여지운 이라

한 칸 방에 비친 밝은 달 구름과 함께하네.

---

1) 향재문(香在文) : '그 무늬〔紋〕에서 매화향이 나는 듯하다'는 뜻. 위진 남북조시대 양무제(梁武帝)는 불교를 매우 숭앙하던 임금으로 많은 승려를 모시고 있었다. 그 가운데 운광(雲光)법사를 가장 존경하였는데, 그가 강경(講經)하면 하늘에서 꽃이 내리고, 하늘나라 음식이 공양으로 내려왔다는 이야기가 있다.

偶然思得六朝事[2] 우연사득 육조사 하니

우연히 육조 때 우아한 일이 떠올라,

欲說轉頭未見君 욕설전두 미견군 이라

고개 돌려 말 건네려니 님 보이질 않네.

---

2) 육조사(六朝事) : 육조시대(六朝時代)에 속되지 않고 고상한 이야기[淸談]가 유행했는데 그때의 풍류에 관한 일이라는 뜻. 중국이 남북으로 크게 분열해 있던 남북조 시대의 문화는 남조의 중국 전통 문화와 북조의 호한(胡漢) 문화, 즉 호족(胡族)의 문화와 한족(漢族)의 문화가 혼재했다. 오(吳), 동진(東晋), 남조의 송(宋), 제(齊), 양(梁), 진(陳) 이 여섯 왕조를 육조시대라 한다. 이때의 문화를 육조문화(六朝文化)라고 하는데, 중국 전통문화 중에서도 특히 우아한 예술 문화를 가리킨다.

12) 동지(冬至)

동지

昨夜雷聲至[1] 작야 뇌성지 러니

어젯밤 우렛소리 들리더니,

今朝意有餘 금조 의유여 라

오늘 아침 감회가 새롭구나.

---

1) 작야뇌성지(昨夜雷聲至) : 동지(冬至)의 혹독한 추위가 대지를 얼려도 땅 밑에 한 양효(陽爻)가 동하여 새봄을 준비한다는 말이다. 우렛소리(雷聲)는 《주역》의 지뢰복(地雷復) 괘로 곤상진하(坤上震下)이기 때문에 이렇게 말한 것이다. 원문의 '반야뢰성선이동(半夜雷聲先已動)'은 《성리대전(性理大全)》 권70에 보이는 소옹의 〈복괘시(復卦詩)〉의 '동짓날 자시 반에 하늘의 마음 바뀜이 없네. 양 하나 막 움직이나 만물이 아직 생겨나지 않은 때이네.(冬至子之半, 天心無改移. 一陽初動處, 萬物未生時.)'라는 구절을 원용한 것이다. 중국인은 가을에 뇌성이 그치고, 동지가 되면 뇌성이 다시 일어난다고 여겼다. 동지를 고비로 하여 해가 길어지므로 동지는 양기(陽氣)가 다시 생기는 실질적인 새해의 시작인 셈이다.
복괘(復卦)의 괘상은 지(地, ☷)가 위에 있고, 우레(雷, ☳)가 아래에 있는 것[䷗]으로, 하나의 양(陽)이 아래에 있고 다섯 음(陰)이 위에 있는 모습이다. '복(復)이라는 것은 근본으로 돌아오는 것을 이름한 것이다. 여러 음(陰)이 양을 깎아 내려 거의 없어지는 단계에까지 이르렀다가 하나의 양(陽)이 아래로 돌아오기 때문에 반복이라고 말하는데, 양기가 다시 돌아옴으로써 서로 통함을 얻게 된다.(復者, 歸本之名. 群陰剝陽至於幾盡, 一陽來下, 故稱反復, 陽氣復反而得交通.)' 《주역집해(周易集解)》 - 《주역》, 정병석, 을유문화사

窮山歲去後　궁산 세거후 하니

궁벽한 산속에서 또 한 해가 가니,

故國春生初　고국 춘생초 라

내 나라에도 봄이 시작되겠구나.

開戶迓新福　개호 아신복 하고

문을 열어 새로운 복을 맞이하고,

向人送舊書2)　향인 송구서 라

해묵은 편지를 님에게 보내노라.

群機3)皆鼓動　군기 개고동 하니

만물이 다 고동쳐 움직이니,

靜觀愛吾廬　정관 애오려 라

고요히 바라보고 내 집을 사랑해야지.

---

2) 구서(舊書) : 동지를 경계로 해가 바뀌었으므로 전날에 써놓은 편지는 작년에 쓴 편지가 된다.

3) 군기(群機) : 만물의 변화. 봄을 맞아 만물의 생명이 움직이기 시작하는 것.

13) 세한의부도희작(歲寒衣不到戱作)

추운 계절에도 옷이 안 오기에 장난삼아 짓다

歲新無舊着[1]　세신 무구착 하니

해가 바뀌어도 입을 옷이 없으니,

自覺一身多　자각 일신다 라

한 몸 추스르기도 번거로움 많음을 스스로 알겠네.

少人知此意　소인 지차의 하니

이런 마음 알아줄 사람 적은데,

范叔[2]近如何　범숙 근여하 오

---

1) 구착(舊着) : 입을 만한 헌 옷.

2) 범숙(范叔) : 전국시대 위(魏)나라 사람 범수(范睢)의 자(字)가 숙(叔)이다. 중대부(中大夫) 수가(須賈)를 섬기다가 진(秦)나라로 도망하여 이름을 장록(張祿)으로 고치고 재상이 되었다. 그 후 수가가 위나라 사신(使臣)으로 진나라에 갔는데, 범수가 낡은 옷을 입은 누추한 모습으로 찾아가자 수가가 동정하여, "범숙은 늘 추위에 떠는 것이 이와 같은가." 하면서 제포(綈袍)를 주었다 한다. 원래 수가로부터 매를 맞고 진나라로 망명하여 재상이 된 그는 복수할 마음을 갖고 일부러 한미한 차림으로 변장을 하고 수가를 만났는데, 수가는 측은한 생각이 들어 두꺼운 옷 한 벌을 그에게 주었고, 그로 인하여 범수도 수가를 달리 대하여 죽이지 않았다고 한다. -《사기(史記)》 권79 <범수열전(范睢列傳)>. 이 일화에서 구은(舊恩)을 생각하거나 우정이 두터움을 비유적으로 이르는 말인 제포연연(綈袍戀戀), 제포지의(綈袍之義)가 나왔다. 《사기》에는 '범수(范睢)'로, 《한비자》에는 '범저'(范且)'

낡은 옷 입었던 범숙은 요사이 어떠하신지?

로 표기되어 있다.

14) 병수(病愁)

병든 시름

青山一白屋[1]　청산 일백옥 에

청산 속 오두막집에,

人少病何多　인소 병하다 오

젊은 사람이 병이 어찌 이리도 많은가?

浩愁不可極　호수 불가극 하니

온갖 시름 끝이 없는데,

白日生秋花　백일 생추화 라

밝은 한낮에 가을꽃이 피누나.

---

1) 백옥(白屋) : 허술한 초가집. 가난한 집.

15) 병음(病唫) 이수(二首)

병이 들어 읊다 2수

그 첫째

頑病[1]侵尋卽事黃[2] 완병침심 즉사황 하니

병이 깊어지니 하는 일이 모두 허둥지둥인데,

窓前風雪太顚狂[3] 창전풍설 태전광 이라

창밖의 눈바람은 왜 이리도 사나운지.

浩思蕩情[4]何歷歷[5] 호사탕정 하역력 고

호탕한 생각 방종한 정은 어찌 이리 뚜렷한지?

不耐鏡中鬢髮蒼 불내경중 빈발창 이라

거울 속에 비친 희어진 머리카락 보니 견딜 수가 없구나.

---

1) 완병(頑病) : 만성적이고 완고한 병. 완병의 반대는 갑자기 앓는 급병(急病)이다.

2) 황(黃) : 창황(蒼黃)의 뜻. [사람이] 놀라거나 다급하여 어찌할 바를 모르다. 여기서는 미처 어찌할 사이도 없이 급작스러워 허둥지둥하는 모양.

3) 전광(顚狂) : 미친 듯이 구는 것.

4) 호사탕정(浩思蕩情) : 큰 생각과 거리낌 없이 마음대로 행동하는 방종(放縱)한 정.

5) 역력(歷歷) : 자취나 낌새가 훤히 알 수 있게 분명하고 또렷하게 보임.

그 둘째

身如弱柳病如馬　신여약류 병여마 하니

몸은 여린 버들 같고 병은 달리는 말과 같아서,

上下相繫[6]正爾何[7]　상하상계 정이하 오

위아래 나를 엮었으니 너를 어찌할꼬?

縱使我心無復苦　종사아심 무부고 나

설령 내 마음에 다시 괴로움 없게 한다고 하여도,

孤灯風雨忍虛過[8]　고정풍우 인허과 오

비바람이 외로운 등불을 정말 그냥 놓아두리?

---

6) 상계(相繫) : 상(相)은 여기서는 '나'로 풀이됨이 맞다.

7) 정이하(正爾何) : 정히(정녕/정말로) 너를 어찌하랴. 정(正)은 정히, 이(爾)는 너로 병(病)을 가리킨다.

8) 허과(虛過) : 헛되이 보내다, 그냥 지나쳐 보내다는 의미.

16) 등고(登高)

높은 데 올라서

偶思一極目 우사 일극목 하니

문득 멀리까지 바라보고 싶어서,

躋彼危岑[1]東 제피 위잠동 이라

우뚝한 저 동쪽 묏부리에 올랐다네.

人去青山外 인거 청산외 하고

사람은 청산 밖으로 걸어가고 있고,

舟行白雨[2]中 주행 백우중 이라

배는 소나기 속을 떠가는구나.

長河遇酒少 장하 우주소 하니

긴 강을 가다 보면 술 만나기 어려운데,

大雪入詩空 대설 입시공 이라

펑펑 쏟아지는 눈은 부질없이 시 속에 들어오네.

風落枯桐急 풍락 고동급 하고

바람은 세차게 불어 시든 오동잎 지는데,

---

1) 위잠(危岑) : 우뚝한 봉우리. 높은 봉우리. 산등성 가장 높은 꼭대기인 묏부리(멧부리)를 뜻한다.

2) 백우(白雨) : 소나기.

殘陽映髮紅 잔양 영발홍 이라

석양은 머리칼을 붉게 물들이네.

17) 정부원(征婦[1]怨)

출정 군인 아내의 원망

妾[2]本無愁郞有愁　첩본무수 낭유수 하니

나는 원래 시름이 없으나 낭군님은 근심 있어,

年年無日不三秋　연년무일 불삼추 라

해마다 긴 가을 같이 지루하지 않은 날 없었다네요.

紅顔憔悴亦何傷　홍안초췌 역하상 고

내 붉은 얼굴이야 초췌해 보여도 또 무엇을 마음 아파 하랴만,

** 이 시는 운을 세 번 바꾸었다. 환운(換韻)에 따라 내용도 조금 단락(段落)이 진다.

환운 : 1~3연 秋, 頭, 流(尤韻)
4~6연 看(寒韻), 關, 還(刪韻) 寒韻과 刪韻은 通韻할 수 있다.
7~9연 林, 深, 心(侵韻)

내용 : 1~3연에서는 님을 그리는 아내의 마음을 노래했고,
4~6연에서는 님이 무사히 돌아오기를 바라는 마음을 노래했고,
7~9연에서는 봄이 가도록 돌아오지 않는 님에 대한 그리움을 승화시키는 모습을 노래했다고 할 수 있다.

1) 정부(征婦) : 출정 군인의 아내. 중국 고대에는 흉노의 침입이 잦아서 국경 수비에 농민들이 동원되는 일이 많았고, 홀로 집을 지키는 출정 군인 아내의 슬픔을 대변하는 시[정부원(征婦怨)]가 많이 지어졌다.

2) 첩(妾) : 여기서는 여인이 자신을 낮추어 부르는 칭대사(稱代詞)임. 소첩(小妾)으로도 씀.

只恐阿郎[3]又白頭　지공아랑 우백두 라

다만 낭군님 머리가 하얗게 세셨을까 걱정되네요.

昨夜江南採蓮去　작야강남 채련거 하니

어젯밤엔 강남에 연밥 따러 갔다가,

淚水一夜添江流　누수일야 첨강류 라

밤새 흘린 눈물로 흐르는 강물만 보태어 놓았다오.

雲乎無雁[4]水無魚[5]　운호무안 수무어 하니

구름 속에는 기러기 없고 강물엔 잉어도 없으니,

雲水水雲共不看　운수수운 공불간 이라

구름도 강물도, 강물도 구름도 모두 살펴보지 않겠네요.

心如落花謝[6]春風　심여락화 사춘풍 하고

마음은 지는 꽃 같아서 봄바람에 지고,

夢隨飛月渡玉關[7]　몽수비월 도옥관 이라

---

3) 아랑(阿郎) : 아내가 남편을 부르는 말. 아버지, 사위, 주인 나리, 자매의 남편을 뜻하는 말도 된다.

4) 무안(無雁) : 기러기는 편지를 전해주는 새이므로 '소식이 없음'을 뜻한다.

5) 수무어(水無魚) : 물고기(잉어)도 편지를 전해주는 매개체로 사용되는 경우가 있음.

6) 사(謝) : 여기서는 '시들다, 떨어지다'의 의미로 쓰임.

7) 옥관(玉關) : 옥문관(玉門關). 변방의 대명사. 변경에 수자리 살러 간 남편을 그린다는 뜻으로 이별의 상징. 감숙성(甘肅省) 돈황(燉煌) 서쪽에 있는 관문으로 신강성(新疆省)을 거쳐 서역으로 통하는 교통의 요지이며 양관(陽關)의 서북에 있음. '가을바람 불어 멎지 않으니, 이 모

꿈은 달을 따라 날아 옥문관(玉門關)을 건너가네요.

雙手慇懃敬天祝　쌍수은근 경천축 하니

두 손 모아 간절히 존경스러운 하늘에 비옵나니,

郎與春色一馬還　낭여춘색 일마환 이라

님이 봄빛과 함께 말 타고 돌아오시기를.

阿郎不到春已暮　아랑부도 춘이모 하니

낭군님은 안 오시고 봄은 이미 저무는데,

風雨無數打花林　풍우무수 타화림 이라

비바람 셀 수도 없이 꽃 숲을 휘젓는다네요.

妾愁不必問多少　첩수불필 문다소 오

저의 시름 얼마나 되나 물을 것도 없으리니,

春江夜湖不言深　춘강야호 불언심 이라

봄 강물 밤 호수도 깊다는 말 못 하네요.

一層有心一層愁　일층유심 일층수 하니

마음 사이사이 맺힌 시름,

賣花賣月學無心[8]　매화매월 학무심 이라

꽃도 팔고 달도 팔아 무심을 배워야겠네요.

두가 옥관의 정을 일깨움이라.(秋風吹不盡, 總是玉關情.)' - 이백(李白) <자야오가(子夜吳歌)>

8) 무심(無心) : 모든 사려(思慮)와 분별(分別)이 끊어진 상태.

18) 견민(遣悶)

번민(煩悶)을 풀다

春愁春雨不勝寒　춘수춘우 불승한 하니

봄시름에 봄비에 한기를 이길 수는 없었으나,

春酒一壺排萬難　춘주일호 배만난 이라

봄술 한 병으로 모든 어려움을 물리친다네.

一酣[1]春酒作春夢　일감춘주 작춘몽 하니

실컷 마신 봄술에 봄꿈을 꾸게 하니,

須彌納芥[2]亦復寬　수미납개 역부관 이라

수미산을 겨자씨 속에 다시 넣고도 남겠네.

** 이 시에서는 춘(春)자가 5번 쓰였다.

1) 일감(一酣) : 실컷 마심.

2) 수미납개(須彌納芥) : 수미산(須彌山)은 불교의 우주관에서 우주의 중심에 있다는 상상의 산이다. 대개 수미는 대해 가운데에 있고 높이가 84,000유순(由旬 : 고대 인도의 거리 단위. 하루 행군길을 뜻하며 9.6 ~ 12km)이라 한다. 개(芥)는 겨자씨. 작은 것을 나타내는 데 주로 쓰인다. 극소의 겨자씨에 극대의 수미산을 담는다는 표현은 《화엄경》의 중중무진(重重無盡)의 법계연기(法界緣起)에서 나온 비유이다. 일체의 것은 서로 겹겹으로 연관되어 있으므로 대(大)는 소(小)를 포함하고, 소는 대를 포함한다는 생각을 뜻한다.

19) 춘규원(春閨怨[1])

봄 아낙네의 원망

一幅鴛鴦[2]繡未了 일폭원앙 수미료 한데

한 폭을 원앙새를 수놓다 말았는데,

隔窓微語雜春愁 격창미어 잡춘수 라

창 너머 소근거림 봄 시름을 더하게 한다네요.

夜來刀尺[3]成孤夢 야래도척 성고몽 하니

밤이 되어 수놓다가 홀로 잠든 꿈속에서도,

行到江南不復收 행도강남 불복수 라

강남 간 내 님은 돌아올 줄을 모르시네요.

---

1) 규원(閨怨) : 사랑하는 이에게 버림이나 이별(離別)을 당한 부녀(婦女)의 원한(怨恨), <규방 부인의 고독[閨怨]>이라는 제목으로 왕창령(王昌齡) 등 중국 시인이 여성의 원한 같은 것을 대변하기를 즐겼고, 우리나라에서도 임제(林悌)의 〈무어별(無語別)〉, 매창(梅窓)의 〈규원(閨怨)〉 등 작품에 많이 쓰였다.

2) 원앙(鴛鴦) : 원앙새. 암수의 사이가 좋은 새.

3) 도척(刀尺) : 가위와 자 따위의 바느질 도구.

20) 어적(漁笛)

고기잡이 배의 피리 소리

孤帆風烟一竹秋　고범풍연 일죽추 하니
 돛단배 하나 안개 낀 가을 대숲을 지나가니,
數聲暗逐荻花流　수성암축 적화류 라
 몇 가락 그윽한 피리 소리 갈대꽃 따라 들리네.
晚江落照隔紅樹　만강락조 격홍수 하니
 저녁 강에 해는 기울고 저 건너엔 단풍숲,
半世知音[1]問白鷗　반세지음 문백구 라
 반평생 지음을 백구에게 물어본다네.
韻絶何堪遯世[2]夢　운절하감 둔세몽 고
 기가 막힌 가락에 세상 등질 꿈 어찌 감당하리?
曲終虛負斷腸愁　곡종허부 단장수 라
 피리 소리 그치니 애끊는 시름 헛되이 저버렸네.

---

1) 지음(知音) : 음악의 이해자. 마음이 서로 통하는 친한 벗을 비유적으로 이르는 말. 거문고의 명인 백아(伯牙)가 자기의 소리를 잘 이해해 준 벗 종자기(鍾子期)가 죽자 자신의 거문고 소리를 아는 자가 없다고 하여 거문고 줄을 끊었다는 데서 유래한다. -《열자(列子)》〈탕문편(湯問篇)〉

2) 둔세(遯世) : 세상에서 숨음. 세상을 피함. 은둔(隱遁).

飄掩律呂[3]撲人冷　표엄율려 박인랭 하니

바람에 날리던 가락 사람 심금을 울려 서늘하게 하니,

滿地蕭蕭散不收　만지소소 산불수 라

천지에 가득 찬 쓸쓸함을 거둘 길이 없구나.

3) 율려(律呂) : ① 음률을 바로잡기 위한 기구(器具). 대나무나 금속으로 만든 12관(管)의 형식인데, 본문에서는 음악 혹은 음률을 의미한다. -《의방유취(醫方類聚)》 복의치병(福醫治病)

② 음조(音調). 한 옥타브 안에 배열된 12율을 가리키는 국악용어. 십이율(十二律)의 양률(陽律)인 육률(六律)과 음려(陰呂)인 육려(六呂)를 통틀어 율려라고 한다. 육률은 황종(黃鐘) · 태주(太簇) · 고선(姑洗) · 유빈(蕤賓) · 이칙(夷則) · 무역(無射)이고, 육려는 대려(大呂) · 협종(夾鐘) · 중려(中呂) · 임종(林鐘) · 남려(南呂) · 응종(應鐘)인데, 십이율의 기수번(奇數番 : 홀수 차례)이 율(律)이고, 우수번(偶數番 : 짝수 차례)이 여(呂)가 된다. 송(宋)나라 소강절(邵康節)은 말소리를 나타내는 데 율려를 썼는데, 성(聲)을 여(呂)라 하고, 운(韻)을 율(律)이라고 했다. -《예기(禮記)》 악기(樂記) 예운(禮運) 제9

21) 파릉어부도가(巴陵[1]漁父棹歌)

파릉 어부의 뱃노래

舟行天似水　주행 천사수 한데

배가 미끄러지니 하늘도 강물 같은데,

此外接淸歌　차외 접청가 라

이러한 바깥에서 맑은 노래 들을 줄이야.

韻入月明寂　운입 월명적 하고

그 운치 밝은 달 따라 고요히 들어오고,

響飛夜靜多　향비 야정다 라

그 소리는 밤의 정적 속으로 퍼지네.

知音[2]問白鷺[3]　지음 문백로 하니

내 마음을 아는지를 백로에게 물어보게 하니,

---

1) 파릉(巴陵) : 중국 호남성 악주(岳州)의 지명으로, 유명한 악양루와 동정호가 있다. 악양(岳陽)의 한(漢)나라 때 이름으로 이전에는 악주라고 불렸다. 여기서는 서울 근교의 양천구(陽川區) 일대 한강 유역을 말함.

2) 지음(知音) : Ⅰ. 20) - 1) 참조.

3) 백로(白鷺) : 흰 해오라기. 여기서는 '백로주(白鷺洲 : 숨어 사는 선비가 노니는 곳)', 흰 해오라기가 내려앉는 모래톱이라는 뜻으로 쓴 것 같음.

歸夢滿淸蓑　귀몽 만청사 리라

돌아갈 꿈으로 맑은 도롱이를 가득 채웠다고 하네.

更聽滄浪曲[4]　갱청 창랑곡 하고

다시 창랑의 노래 듣고서,

撫纓憶舊波　무영 억구파 라

갓끈 어루만지며 옛 산천을 그린다네.

4) 창랑곡(滄浪曲) : 굴원(屈原)의 〈어부사(漁父辭)〉에 나오는 노래. '창랑의 물이 맑으면 갓끈을 씻고, 창랑의 물이 흐리면 발을 씻으리.(滄浪之水淸兮 可以濯吾纓. 滄浪之水濁兮 可以濯吾足.)' 창랑은 동정호로 흘러 들어가는 물굽이 상류에 있는 물줄기라고도 함.

22) 산가일흥(山家逸興)

산골 집 흥취

兩三傍水是誰家　양삼방수 시수가 오

냇물가에 두세 집은 누구네 집인고?

晝掩板扉隔彩霞　주엄판비 격채하 라

낮에도 널판 사립문 닫아 아름다운 노을 가리었다네.

圍石有碁皆響竹　위석유기 개향죽 하고

바위 가에 둘러앉아 바둑 두는 소리 대숲에 울리고,

酌雲無酒不傾花[1]　작운무주 불경화 라

구름에 잔질하며 꽃마다 술잔을 기울이지 않음이 없다네.

十年一履高何妨　십년일리 고하방 고

10년을 신 한 켤레로 지내도 고상함에 무슨 상관이랴?

萬事半瓢空亦佳　만사반표 공역가 라

세상만사 반쪽짜리 표주박 같아서 비어도 괜찮다네.

---

1) 무주불경화(無酒不傾花) : 잔에 술을 치고 꽃을 보면 기울이지 않는 것이 없다. 당(唐)나라 한굉(韓翃 : 자는 군평君平)이 지은 〈한식(寒食)〉 시의 '춘성무처불비화(春城無處不飛花 : 봄날 성안에 꽃(솜버들)이 날리지 않는 곳이 없다)'와 같은 수사법.

春樹斜陽堪可坐 춘수사양 감가좌 하고

석양에 봄을 맞은 나무 아래 앉을 만하고,

萬山滴翠聽樵笳[2] 만산적취 청초가 라

온 산에는 푸른 물방울이 뚝뚝 떨어질 듯한데, 어디선가 나무꾼의 풀피리 소리 들려오네.

---

2) 초가(樵笳) : 나무꾼이 부는 풀피리. 가(笳)는 갈댓잎을 말아서 부는 호인(胡人)의 피리.

23) 신문폐간(新聞廢刊)

신문이 폐간되다

筆絶墨飛[1]白日休　필절묵비 백일휴 하니

붓 꺾이고 먹도 날아가 버리고 밝은 햇빛도 그치니,

銜枚[2]人散古城秋　함매인산 고성추 라

재갈 물린 사람들 흩어지니 옛 성에 가을날 저무네.

漢江之水亦嗚咽　한강지수 역오열 하고

한강 물도 또한 목이 메어 울어대며,

不入硯池[3]向海流　불입연지 향해류 라

연지를 비켜 놓고 바다로 흘러가는구나.

---

1) 필절묵비(筆絶墨飛) : 붓이 꺾이고 먹이 날아감. 신문 폐간으로 민족의 의사를 표현할 길이 단절되었다는 뜻.
2) 함매(銜枚) : 입에 재갈을 물림. 입이 있어도 말을 하지 못하게 되었다는 뜻.
3) 연지(硯池) : 벼루의 물을 담아두는 곳. 연해(硯海)라고도 함. 여기서는 벼루에 쓰는 물을 긷는 못.

24) 주갑일즉흥(周甲日卽興) - 일구삼구.칠.십이일어 청량사(一九三九.七.十二日於淸涼寺)

회갑날의 즉흥 - 1939년 7월 12일 청량사에서

悤悤[1]六十一年光 총총륙십 일년광 하니

바삐 바삐 지나간 예순 해도 한 해 같은데,

云是人間小劫[2]桑 운시인간 소겁상 이라

이 세상에서 겁상을 지나도록 상전벽해(桑田碧海) 겪었다고 하는구나.

歲月縱令白髮短 세월종령 백발단 이나

세월은 설령 흰머리를 짧게 만들어 놓았지만,

風霜無奈[3]丹心長 풍상무내 단심장 고

온갖 풍상도 나의 일편단심이 자라나는 건 어찌할 수

---

1) 총총(悤悤) : 몹시 급하고 바쁜 모양.

2) 소겁(小劫) : 겁은 인도인의 시간 단위로 무한에 가까운 긴 시간으로, 소겁·중겁(中劫)·대겁의 구별이 있다. 가로세로 높이가 각각 40리 되는 반석(磐石)을 천인이 100년에 한 번씩 옷자락으로 스쳐서 다 닳아 없어지는 기간을 '소겁'이라 하고, 80리 되는 반석이 닳는 기간을 '중겁', 800리 되는 반석이 닳는 기간을 '대아승지겁(大阿僧祇劫)' 즉 '무량겁(無量劫)'이라고 한다. 그 반석은 '겁석(劫石)'이라고 칭한다. -《보살영락본업경(菩薩瓔珞本業經)》 불모품(佛母品)

3) 무내(無奈) : 어쩌지 못하다.

없었다네.

聽[4]貧已覺換凡骨 청빈이각 환범골 하니

가난에 몸 맡겨 볼품없는 풍골로 바뀐 것은 이미 깨달았으나,

任病[5]誰知得妙方[6] 임병수지 득묘방 고

병든 채 놓아두니 누가 묘방 얻는 법을 알겠는가?

流水餘生君莫問 유수여생 군막문 하라

흐르는 물 같은 남은 생애, 님이여 부디 묻지 마소,

蟬聲萬樹趁斜陽 선성만수 진사양 이라

매미 소리 가득한 숲으로 들어가서 지는 해를 좇아가려 한다네.

---

4) 청(聽) : 여기서는 '따르다', '맡기다'의 뜻.

5) 임병(任病) : 글자 그대로 병든 채로 치료를 받지 않고 그냥 내버려 둔다는 뜻이나 생사를 끊지도 않고 열반을 구하지도 않고서 일체에 맡겨서 원각을 구하려 한다는 뜻도 있음. 《원각경(圓覺經)》에서 말한 네 가지 병의 하나. 참고로 네 가지 병은 다음과 같다. 1. 작병(作病) - 마음으로 여러 가지 행을 지어서 원각(圓覺)을 구하려는 것, 2. 임병(任病) - 생사를 끊지도 않고 열반을 구하지도 않고서 일체에 맡겨서 원각을 구하려는 것, 3. 지병(止病) - 모든 생각을 그치고 고요하고 평등하게 하여 원각을 구하려는 것, 4. 멸병(滅病) - 온갖 번뇌를 소멸하고 근(根)과 진(塵)을 고요하게 하여 원각을 구하려는 것.

6) 묘방(妙方) : 병을 고치는 좋은 방법. 방문(方文). 약방문(藥方文).

25) 근하계초선생수신(謹賀啓礎[1]先生晬辰)

삼가 계초선생 생신을 축하하다

西來一氣[2]正堪奇 서래일기 정감기 하니

서녘에서 온 한 기운 정녕 너무도 기이하여,

覆雨飜雲自有時 복우번운 자유시 라

비가 되고 구름 됨은 저절로 때가 있다네.

大筆如椽能殺活 대필여연 능살활 하니

서까래 같은 큰 붓으로 죽이기도 하고 살리기도 하니,

英才[3]似竹又參差[4] 영재사죽 우참치 라

대쪽 같은 영재들이 또 어슷비슷하게 모여들었다네.

屠龍搏虎固任意 도룡박호 고임의 하니

용을 도륙하고 범 잡기를 진실로 뜻대로 하니,

---

1) 계초(啓礎) : 조선일보 사장, 창업주 방응모(方應謨)의 호. 6·25전쟁 때 납북되었다.

2) 서래일기(西來一氣) : 서쪽에서 온 한 기운. 방응모의 고향이 평안도인데 예로부터 마천령 서쪽 지방을 관서(關西)라고 불렀다.

3) 영재(英才) : 여기서는 조선일보에 모인 우수한 인재들.

4) 참치(參差) : 길이나 높이가 가지런하지 않은 모양. 참치부제(參差不齊)의 준말. 이 시에서는 인재들이 서로 높이를 다투는 것. '올망졸망한 마름풀을, 이리저리 뒤지어 찾는구나.(參差荇菜, 左右流之.)' -《시경(詩經)》 주남(周南) 관저(關雎)

訪鶴問鷗亦可期 방학문구 역가기 라

학을 찾아가고 갈매기에게 묻기를 또한 기약할 수 있으리라.

祝壽南山[5]漢水上 축수남산 한수상 하니

남산같이 사시라고 한강수 곁에서 축수하노니,

陽春三月足新禧 양춘삼월 족신희 라

따스한 봄 3월이라 새해의 복이 넉넉하도다.

---

5) 축수남산(祝壽南山) : 남산처럼 장수하라고 비는 것. 남산은 중국 주(周)나라 무왕(武王)이 처음 도읍을 정했던 호경(鎬京) 남쪽에 있는 산 이름이지만, 서울에도 같은 이름의 산이 있으므로 두 뜻을 포함하여 쓴 것이다. '초승달이 차오르듯 아침 해가 떠오르듯, 남산과 같이 오래오래 이지러지지 않고 무너지지 않아, 소나무와 잣나무가 무성하듯 그대의 나라가 이어지지 않음이 없을 것이로다.(如月之恆 如日之升, 如南山之壽 不騫不崩, 如松柏之茂 無不爾或承.)' -《시경》 소아(小雅) 천보(天保)

II.

구도求道 · 만행漫行

몰락한 선비 가문에서 태어나 굴곡진 삶을 거쳐 불교에 입문하고, 새로운 넓은 세상의 도를 찾아 만행의 길에 나섰던 만해의 마음을 표현한 시를 담았다.

1) 사향(思鄕)

고향 생각

江國一千里　강국 일천리 요

강 곁의 고향 땅 1천 리나 떨어져,

文章三十年　문장 삼십년 이라

글 파먹고 산 지 30년.

心長髮已短[1]　심장 발이단 한데

마음은 늘 한가지나 머리털은 이미 짧아져,

風雪到天邊　풍설 도천변 이라

눈보라 치는 때에 하늘 끝에 이르렀구나.

---

1) 심장발이단(心長髮已短) : 발단심장(髮短心長)과 같음. '비록 늙어도 마음은 쇠하지 않는다.'는 고어(古語)에서 온 말. 노년에 이르러서도 마음이 쇠약하지 않음을 비유한다.

2) 여회(旅懷)

여행 중의 회포

竟歲未歸家　경세 미귀가 하고

해가 다 가도 집에 돌아가지 못한 채,

逢春爲遠客　봉춘 위원객 이라

봄을 만났으니 먼 길손 되었구나.

看花不可空　간화 불가공 하니

꽃을 보곤 그냥 지나칠 수 없어,

山下寄[1]幽跡　산하 기유적 이라

산기슭 그윽한 발자취를 잠시 부치고자 하노라.

---

1) 기(寄) : 여러 복사본에 '기(奇)'로 나와 있으나 어떤 필사본에 '기(寄)'로 쓰여 있기에 바로잡는다.

3) 회음(懷唫)

회포를 읊다

此地雁群少 차지 안군소 하니

이 땅에는 기러기 떼도 적어서,

鄉音夜夜稀 향음 야야희 라

고향 소식 밤마다 희미하구나.

空林月影寂 공림 월영적 하고

인적 없는 빈 숲엔 달그림자도 쓸쓸한데,

寒戍角聲[1]飛 한수 각성비 라

추운 수자리에서 뿔나팔 소리 바람 타고 날리네.

衰柳思春酒[2] 쇠류 사춘주 하고

시든 버들 보면 봄술이 생각나고,

---

1) 각성(角聲) : 뿔로 만든 피리. 옛날 군대에서 북과 함께 이것을 신호용으로 썼다.

2) 춘주(春酒) : 술을 가리킨다. 맛이 좋은 술. 《시경》 빈풍(豳風) 칠월(七月)에 '8월에 대추를 따고, 10월에 벼를 수확하여, 춘주(春酒)를 빚어다가 장수를 기원하네.(八月剝棗, 十月穫稻, 爲此春酒, 以介眉壽.)'라고 한 것에서 유래하여 술을 춘주라고도 하는데, 겨울에 빚어 봄에 익으므로 그렇다고 한다. 당나라 이후로는 좋은 술의 이름에 '춘'자를 붙였다.

殘砧3)悲舊衣　잔침 비구의 라

잣아든 다듬이 소리엔 헌 옷이 서럽구나.

歲色落萍水4)　세색 낙평수 하니

가는 해 기색이 지고 있는 부평초 같으니,

浮生半翠微5)　부생 반취미 라

떠도는 인생살이 반 너머 푸른 산속이었네.

---

3) 잔침(殘砧) : 거의 끝나가는 다듬이 소리. 예전에는 설 명절을 앞두면 다듬이 소리로 온 동네가 시끄러웠다. 설빔으로 어른, 아이들 새 옷을 만들었고, 한복이나 이불 호청 등을 빨았다. 빤 옷이나 새로 만든 옷은 풀을 먹이고 말려 접어서 다듬잇돌 위에 놓고 방망이로 두드리면, 구겨진 천이 펴지고 윤이 나고 매끄럽게 되었다.

4) 평수(萍水) : 부평초가 뜬 물. 나그네처럼 유랑하는 몸임을 상징한다.

5) 취미(翠微) : 산의 중허리나 산의 정상 가까운 곳, 먼 산에 엷게 낀 푸른 빛깔의 기운. 산기운이 푸르러서 아롱아롱하게 보이는 빛.

4) 원사(遠思)

한 생각

南國黃花北地雁　남국황화 북지안 하니

남쪽엔 국화 피고 북쪽에서 기러기 날아오는데,

居然[1]今日但空情　거연금일 단공정 이라

문득 오늘 다만 부질없는 마음일세!

雪後江山多月色　설후강산 다월색 하니

눈 온 뒤 강산엔 달빛이 가득하고,

風前草木盡鐘聲　풍전초목 진종성 이라

바람 앞에 초목들은 모두 종소리를 낸다네.

塞外夢飛千里野　새외몽비 천리야 하고

변방 밖에서 꿈은 천 리 벌을 날아가는데,

天涯身臥一雲亭　천애신와 일운정 이라

하늘 끝에 이 몸 한 조각 구름정자에 누웠다네.

歷瘦經寒[2]人似竹　역수경한 인사죽 하니

---

1) 거연(居然) : 앉아서 움직이지 않는 모양, 심심한 모양, 확연히, 분명히 등의 뜻이 있지만, 이 시에서는 '문득'의 의미로 쓰였다.

2) 역수경한(歷瘦經寒) : 야윔을 거치고 추위를 지냄. 야윈 데다 추위를 겪느라고 더 말랐다는 뜻이다.

겨울을 난 야윈 몰골은 댓가지 같아도,

此心元不到功名　차심원부 도공명 이라

이 마음 본디부터 부귀공명에 두지 않았다네.

5) 고유(孤遊) 이수(二首)

외롭게 노닐다 2수

그 첫째

一生多歷落[1] 일생 다역락 이니

한평생 세속을 벗어나 떠도는 나그네이니,

此意千秋同 차의 천추동 이라

이 심정은 천 년 동안 같으리라.

丹心夜月冷 단심 야월랭 하고

일편단심 밤 달은 차갑게 비추고,

蒼髮曉雲空 창발 효운공 이라

백발은 새벽 구름에 스러지네.

人立江山外 인립 강산외 한데

나는 고국 강산 밖으로 나섰는데,

春來天地中 춘래 천지중 이라

봄은 온 천지에 오고 있구나.

---

1) 역락(歷落) : 운명이 기구함. 원래는 길고 짧은 것이 늘어선 모양. 서로 뒤섞인 교착(交錯)의 뜻.

雁橫[2]北斗沒　안횡 북두몰 하고

기러기 가로지르고 북두성이 지는데,

霜雪關河[3]通　상설 관하통 이라

눈서리 치는 변경에도 강물이 흐른다네.

---

2) 안횡(雁橫) : 횡은 동서 방향을 의미하지만, 봄에 기러기가 북으로 날아가는 것을 뜻한다.

3) 관하(關河) : 변경의 강.

그 둘째

半生遇歷落　반생 우역락 하니

반평생 어수선한 세상을 만나,

窮北寂寥遊　궁북 적료유 라

북쪽 끝 변방에서 쓸쓸하게 떠도네.

冷齋說風雨　냉재 설풍우 하니

차가운 집에서 비바람을 걱정하니,

晝回鬢髮秋　주회 빈발추 라

날 밝으면 백발의 가을이리.

6) 내원암 유목단수고지 수설여화인음(內院庵[1] 有牧丹樹古枝 受雪如花因唫)

내원암의 오래된 모란 가지에 눈이 내려 꽃이 핀 것 같아 읊다

雪艶無月雜山光　설염무월 잡산광 하니

눈은 달이 없어도 산빛과 섞여 고우니,

枯樹寒花收夜香　고수한화 수야향 이라

고목나무에 겨울꽃 내려 한밤에 향기를 거두네.

分明枝上冷精魄　분명지상 냉정백 하여

분명코 가지 위에 차가운 정령이,

不入人愁萬里長[2]　불입인수 만리장 이라

나그네 시름 속에 들지 않고 만 리에 퍼지리니.

---

1) 내원암(內院庵) : 강원도 오대산(五臺山)에 있는 암자 같으나 같은 이름이 많아 확실한 것인지 미상.

2) 만리장(萬里長) : 시름의 길이가 만 리나 된다는 뜻.

7) 방백화암(訪白華庵)[1]

백화암을 찾아서

春日尋幽逕[2] 춘일 심유경 하니

봄날 깊고 그윽한 산길 찾아드니,

風光散四林 풍광 산사림 이라

아름다운 풍광 사방 숲속에 흩어지네.

窮途[3]孤興發 궁도 고흥발 하야

길이 다한 곳에 이르러 나홀로 흥이 일어,

一望極淸唫 일망 극청음 이라

한껏 바라보며 마음껏 맑은 시를 읊조린다네.

---

1) 백화암(白華庵) : 창건 연대 미상이며 강원도 회양군 금강산에 있던 표훈사(表訓寺)의 부속 암자.

2) 유경(幽逕) : 수풀 깊숙이 나 있는 그윽한 오솔길. 경(逕)은 좁은 길.

3) 궁도(窮途) : 이 시에서는 길이 다한 곳, 암자에 도착한 것을 뜻한다.

8) 마관주중(馬關[1]舟中)

시모노세키 가는 배 안에서

長風吹盡侵輕夕[2] 장풍취진 침경석 하고

거센 바람 몹시 불어 저녁 어스름 닥쳐오니,

萬水爭飛落日圓 만수쟁비 낙일원 이라

만 갈래 물굽이 다투어 나는데 지는 해 둥글구나.

遠客孤舟烟雨裡 원객고주 연우리 는

부슬비 내리는 속에 외로이 배 타고 온 먼데 나그네,

一壺春酒到天邊[3] 일호춘주 도천변 이라

한 호리병 봄술로 하늘 가에 이르렀다네.

** 만해선사는 1908년 4월부터 10월까지 동경 조동종대학(지금의 고마자와(駒澤)대학) 아사다(淺田) 교수의 주선으로 일본에 유학하여 불교와 서양철학을 수강하고, 시모노세키(下關), 미야지마(宮島), 교토(京都), 닛코(日光) 등지를 주유하며 신문물을 시찰하였다. 이때 유학 중이던 최린(崔麟, 1878~?)과도 사귀었다. 유학 당시 조동종대학 《화융지(和融志)》 제12권 6호~9호(1908.6.~1908.9.)에 시를 발표하였다. 측량학을 공부하여 측량 기계를 가지고 들어와 경성 명진측량강습소를 개설하여 일제 수탈에 적극적으로 대응하려 하였다.

1) 마관(馬關) : 원래 시모노세키(下關)의 옛 이름. 1902년 하관(下關)이 되었으나, 1895년 마관조약 등으로 한국은 물론 당시 중국에서도 마관을 주로 썼다.

2) 경석(輕夕) : 얇은 석양. 저녁 빛이 얇게 깔렸을 때를 말한다.

3) 천변(天邊) : 하늘 가. 먼 지역을 나타내는 말.

9) 궁도주중(宮島[1]舟中)

미야지마 가는 배 안에서

天涯孤興化爲愁　천애고흥 화위수 하여

하늘 끝 외로운 흥취는 근심으로 변하여,

滿艇春心自不收　만정춘심 자불수 라

배에 가득한 봄을 즐기는 마음을 혼자서 거두어들일 수 없구나.

恰似桃源[2]烟雨裡　흡사도원 연우리 하니

마치 안개비 속 무릉도원만 같아,

落花餘夢過瀛洲[3]　낙화여몽 과영주 라

꽃 지고 남은 꿈이 영주를 지나는 듯하네.

1) 궁도(宮島) : 미야지마. 일본 히로시마현 하츠카이치시에 있는 섬.

2) 도원(桃源) : 도연명의 <도화원기(桃花源記)>에 나오는 별천지. 후세로 오면서 신선이 사는 곳처럼 여겨졌다.

3) 영주(瀛洲) : 신선이 산다는 삼신산의 하나. 이 시에서는 미야지마를 가리킨다.

10) 화천전교수(和淺田[1]教授) - 천전부산유이참선시고이차답(淺田斧山遺以參禪詩故以此答)

아사다 교수에게 답하다 - 아사다후상이 참선시를 주었으므로 이에 답하다

天眞與我間無髮[2]　천진여아 간무발 하니

천진한 성품 그대와 나 사이에 무슨 차별이 있으랴만,

自笑吾生不耐探[3]　자소오생 불내탐 이라

참선도 제대로 못하는 이 내 몸 가소롭구나.

反入許多葛藤[4]裡　반입허다 갈등리 하니

도리어 허다한 번뇌 속에 시달리니,

春山何日到晴嵐[5]　춘산하일 도청람 고

어느 날에 맑은 이내 뜬 봄 산으로 돌아갈 거나?

---

1) 천전(淺田) : 아사다후상(淺田斧山). 일본 조동종대학의 교수.
2) 간무발(間無髮) : 머리칼 하나만큼의 간격도 없다. 차이가 없다.
3) 불내탐(不耐探) : 탐구를 해내지 못함. 참선을 해내지 못한다는 뜻.
4) 갈등(葛藤) : 칡과 등 덩굴이 얽힘. 분규 · 분쟁 · 어지러운 속사(俗事) 등의 뜻이 있으나, 여기에서는 만해의 지위와 상황에 맞춰 불교에서 말하는 번뇌와 망상으로 해석함. 개인의 마음속에 상반되는 두 가지 이상의 감정이나 의지 따위가 동시에 일어나 갈피를 못 잡고 괴로워하는 것.
5) 청람(晴嵐) : 갠 날의 푸른 산 기운. 여기서는 깨달음을 상징하는 말로 쓰인 듯하다. 남(嵐)은 이내, 즉 '해 질 무렵 멀리 연기처럼 보이는 푸르스름하고 흐릿한 기운'을 뜻하는 말이다.

11) 음청(唫晴)

날이 개다

庭樹落陰梅雨[1]晴　정수낙음 매우청 하니

뜰에 나무들은 그림자 드리우고 지루한 장맛비는 개어,

半簾秋氣和禪生　반렴추기 화선생 이라

반쯤 열린 주렴으로 스미는 가을 기운처럼 선심(禪心)이 솟아나네.

故國青山夢一髮　고국청산 몽일발 인데

고국 청산은 꿈속에선 한 터럭 사이인데,

落花深晝渾無聲　낙화심주 혼무성 이라

한낮에 지는 꽃들 하나도 소리가 없네.

---

1) 매우(梅雨) : 장마. 매실이 노랗게 익을 무렵에 내리는 비. 초여름에 시작되는 장맛비를 가리킴.

12) 호접(胡蝶)[1]

나비

東風事在百花頭[2] 동풍사재 백화두 하니

봄바람이 불 때 온갖 꽃봉오리에 볼일이 있으니,

恐是人間蕩子流 공시인간 탕자류 라

아마도 사람이라면 방탕한 사람이리라.

可憐添做浮生夢 가련첨주 부생몽 하고

가련하다! 덧없는 삶에 꿈을 더하니,

消了當年[3]第幾愁 소료당년 제기수 오

(사람이던) 그때 몇 번이나 근심을 쓸어버렸던고?

** 이 시는 《장자(莊子)》 <제물론(齊物論)>에 나오는 호접몽(胡蝶夢)의 고사를 변형하여 표현한 것으로 보인다. 내가 나비인지 나비가 나인지 분간하지 못하는 '물아상망(物我相忘)'의 경지를 뜻하지만, 여기서는 일순간의 꿈이나 덧없이 지는 꽃 등이 모두가 마음에 달린 일일 뿐이므로, 나비와 장주(莊周)의 관계처럼 애써 구분할 것이 없다는 뜻으로 보인다.

1) 호접(胡蝶) : 호접(蝴蝶)이라고도 한다. 《장자》의 호접몽을 바탕에 두고 하는 말. 장자는 나비가 된 꿈에서 깨어나 "내가 꿈에 나비가 된 것인가? 아니면 나비가 지금 장자가 된 꿈을 꾸고 있는 것인가?"라고 말했다.

2) 동풍사재백화두(東風事在百花頭) : 나비가 꽃을 찾아 나는 것에 대한 형용. 장자(莊子)의 호접몽(胡蝶夢)을 바탕에 두고 하는 말.

3) 당년(當年) : 그 당시. 나비가 사람이었던 때.

13) 산사독야(山寺獨夜)

산사에서 밤에 홀로

玉林垂露月如霰[1]　옥림수로 월여산 하고

옥 같은 나뭇가지에 맺힌 이슬이 달빛에 싸락눈 같고,

隔水砧聲江女寒　격수침성 강녀한 이라

강 건너 다듬이 소리 강가 여인의 마음은 차갑도다.

兩岸[2]青山皆萬古　양안청산 개만고 하니

두 언덕 청산은 모두 만고에 그대로이니,

梅花初發定僧[3]還　매화초발 정승환 이라

매화가 막 필 때면 마음 잡아 선승(禪僧)으로 돌아가리.

** 사향고(思鄕苦)[Ⅰ. 8)]와 산사독야(山寺獨夜) 두 수의 시는 우리나라에서 쓴 것으로 알려졌는데, 일본에서도 발표한 것으로 보인다. 《화융지(和融志)》 제12권 6호(1908.6.)에 실렸다.

1) 월여산(月如霰) : 숲에 맺힌 이슬이 달빛을 받아 싸락눈처럼 보인다는 뜻.

2) 양안(兩岸) : 차안(此岸)과 피안(彼岸). 현세와 내세. 불교적인 이상 가치. '저 언덕으로 건너가자.' -《반야심경(般若心經)》 주문

3) 정승(定僧) : 선정(禪定)에 들어간 승려, 선승(禪僧)을 뜻한다. 선정의 선(禪)은 범어 댜나(dhyana)를 음역하여 선나(禪那)로, 이를 다시 줄여서 선(禪)이라 한 것인데, 뜻은 고요히 생각한다고 하여 정려(精慮), 또는 생각으로써 닦는다고 하여 사유수(思惟修), 또는 생각을 가라앉혀 정신을 집중시킨다고 하여 정(定)이라 번역하기도 하며, 음과 뜻을 합쳐 선정(禪定)이라고도 한다. 그러므로 선정은 좌선, 집중, 삼매, 몰두 등의 뜻이 있고, 적정삼매(適定三昧)라고 한다.

14) 우중독음(雨中獨唫)

빗속에 홀로 읊다

海國多風雨　해국 다풍우 하니

 섬나라엔 비바람이 잦아서,

高堂[1]五月寒　고당 오월한 이라

 높은 누대는 5월에도 차갑다.

有心萬里客　유심 만리객 은

 유심한 만 리 나그네는,

無語對靑巒　무어 대청만 이라

 말없이 청산을 마주하고 앉았네.

** 이 시도 《화융지(和融志)》 제12권 7호(1908.7.)에 실렸다. 산전호남(山田湖南)이 말하기를, "시어는 적으나 그 뜻이 유장하여 더욱 가작으로 추천하였다.(言短意長, 尤推佳作.)"고 하였다.

1) 고당(高堂) : 높게 지은 집. 타인의 집 또는 집안의 높임말. 훌륭한 가옥.

15) 춘몽(春夢)

봄꿈

夢似落花花似夢　몽사락화 화사몽 하니

꿈은 지는 꽃 같고 꽃은 꿈 같으니,

人何胡蝶蝶何人　인하호접 접하인 고

사람이 어찌 나비 되고 나비가 어찌 사람 되나?

蝶花人夢同心事[1]　접화인몽 동심사 하니

나비며 꽃이며 사람의 꿈도 마음속의 일과 같으니,

往訴東君[2]留一春　왕소동군 유일춘 이라

동군 찾아가 이 한 봄을 못 가도록 하소연해 봤으면.

** 《화융지(和融志)》 제12권 7호(1908.7.)에 실렸다.

1) 동심사(同心事) : 다 같이 마음에 말미암는 일이라는 것. 불교에서는 마음이 만물의 본체이며, 모든 사물이 마음의 표현이라고 생각하여 만법유심(萬法唯心)이라고 한다.

2) 동군(東君) : 봄을 관장하는 신. 동제(東帝)라고도 한다.

16) 한음(閑唫) - 조동종대학교별원(曹洞宗大學校[1]別院[2]) 이수(二首)

한가롭게 읊다 - 조동종대학교 별원에서 2수

그 첫째

一堂似太古 일당 사태고 하니

절은 태고처럼 고요하기만 하여,

與世不相干 여세 불상간 이라

속세와는 서로 간섭하지 않는다네.

幽樹鐘聲後 유수 종성후 하고

그윽한 숲 종소리를 뒤로하고,

** 이 시도 《화융지(和融志)》 제12권 7호(1908.7.)에 실렸다.

1) 조동종대학교(曹洞宗大學校) : 고마자와(駒澤)대학교를 말함. 일본 불교 최대 종단인 조동종의 종립(宗立)학교로, 1592년 선의 실천과 불교 연구, 한학 진흥을 목적으로 에도 기치조지(吉祥寺) 경내에 설립된 조동종의 학림(學林)을 그 기원으로 한다. 화두(話頭)를 배격하고 잡념을 조금도 두지 않고 오로지 앉아 선을 수행하는 지관타좌(只管打坐)를 주장한다. 1904년 조동종대학림(曹洞宗大学林)이 인가되었고, 1925년 대학령에 의거해 지금의 명칭인 고마자와대학으로 바뀌었다. 불교학부(불교학과, 선학과)의 불교 연구가 유명하다.

2) 별원(別院) : 본사(本寺)에서 나뉜 절. 이 시에서는 조동종대학의 부속 사원.

閑花茶藹間 한화 다애간 이라

차 향기 그윽한 사이로 꽃은 한가롭네.

禪心如白玉 선심 여백옥 하고

참선하는 마음은 백옥과 같고,

奇夢到靑山 기몽 도청산 이라

기이한 꿈은 청산에 이르렀네.

更尋別處去 갱심 별처거 라가

다시 별천지 찾아가다가,

偶得新詩還 우득 신시환 이라

우연히 새 시 얻어 돌아왔다네.

그 둘째

院裡多佳木 원리 다가목 하니

절집 안에 아름다운 나무가 많아서,

晝陰滴翠濤[3] 주음 적취도 라

한낮 그늘에 푸른 물결 뚝뚝 떨어진다네.

幽人[4]初破睡 유인 초파수 하니

유인이 막 잠에서 깨어났더니,

花落磬[5]聲高 화락 경성고 라

꽃 떨어지는데 경쇠 소리 드높구나.

** 둘째 시는 《화융지》에 실리지 않았다.

3) 적취도(滴翠濤) : 취도(翠濤)는 푸른 물결. 푸른 물결이 떨어진다는 것은 잎사귀들이 물결치는 모양을 형용한 듯하다.

4) 유인(幽人) : 세속을 피해 숨어 사는 사람. 작자 자신을 가리킨다.

5) 경(磬) : 원래는 돌로 만든 악기 이름이지만, 이 시에서는 경쇠(놋으로 주발과 같이 만들어, 복판에 구멍을 뚫고 자루를 달아 노루 뿔 따위로 쳐 소리를 내는 불전 기구)로 예불할 때 쓰는 불구(佛具).

17) 고의(古意) 이(二)

옛 뜻을 본받아 쓴 시 2

輸嬴[1]萬事落空枰[2]　수영만사 낙공평 이나

지고 이기는 모든 일 빈 바둑판에 돌 떨어지는 듯이 하나,

虛擲千金尋舊盟　허척천금 심구맹 이라

허투루 천금을 던져 옛 맹약을 찾는구나.

湖海[3]蕩魂都一髮[4]　호해탕혼 도일발 하니

** 이 시도 《화융지(和融志)》 제12권 7호(1908.7.)에 실려 있으나 제목이 바뀌거나 실제(失題)한 것으로 보인다.

1) 수영(輸嬴) : 지고 이기는 것. 승부, 승패. 영수(嬴輸)로도 씀. 영(嬴)은 '남다', '벌다', '지나치다', '나아가다', '자라다', '이기다'의 뜻으로 중국어에서는 '이기다'의 뜻으로 쓰고, 수(輸)는 '지다'의 뜻으로 쓴다. 이기고 진다는 뜻의 승부(勝負)와 달리 수영은 '지다'가 '이기다'보다 먼저 나온다.

2) 낙공평(落空枰) : 평(枰)은 바둑판이나 마작판, 낙공(落空)은 계획이 실패함. 승패가 모두 허무하다는 말.

3) 호해(湖海) : 호해지사(湖海之士), 즉 뜻이 원대하고 호방한 선비를 가리킨다. 중국 삼국 시대의 진등(陳登)은 자가 원룡(元龍)으로 호기가 높기로 이름났다. 허사(許汜)가 형주목사(荊州牧使) 유표(劉表)와 천하의 인물을 논하면서 "진원룡은 호해의 선비라 호기가 없어지지 않았다.(陳元龍湖海之士, 豪氣不除.)"라고 했다.

4) 일발(一髮) : 일발천석(一髮千石). 머리칼 하나에 천 석의 무게가 매달려 있다는 말로 매우 위태로운 것을 뜻한다.

호해지사의 방탕한 영혼은 모두 위태로운데,

風塵餘夢幾三生[5) 풍진여몽 기삼생 고

세속에 남은 꿈이 몇 번이나 삼생을 거쳤던고?

靑山黃土半人骨 청산황토 반인골 이요

청산의 누른 흙은 사람의 뼈가 반이요,

白水蒼萍[6)共世情 백수창평 공세정 이라

맑은 물 위의 푸른 부평초의 움직임도 인간 세상의 실정과 같다네.

對書不讀興亡句 대서부독 흥망구 하고

책을 마주하고 흥망성쇠 따진 구절은 읽지 않고,

無語東窓臥月明 무어동창 와월명 이라

말없이 동창 아래 달 밝은 데 누웠다네.

---

5) 삼생(三生) : 전생(前生) · 금생(今生) · 내생(來生).

6) 창평(蒼萍) : 뿌리 없이 떠다니는 푸른 부평초.

18) 음청증상사(唫淸增上寺1))

증상사에서 날이 개자 읊다

淸磬一聲初下壇　청경일성 초하단 하니

맑은 경쇠 한 소리에 비로소 단에서 내려와,

更添新茗依欄干　갱첨신명 의란간 이라

다시 새 차를 더하여 난간에 기대앉았네.

舊雨纔晴輕涼動　구우재청 경량동 하니

묵은 비 방금 개고 서늘한 바람 살랑 불어오니,

空簾晝氣水晶寒　공렴주기 수정한 이라

주렴 사이로 스미는 한낮 공기가 수정처럼 시원하네.

** 《화융지(和融志)》 제12권 8호(1908.8.)에 실렸다.

1) 증상사(增上寺) : 일본 정토종 불교의 본산.

19) 사야청우(思夜聽雨)

한밤에 빗소리를 듣고

東京八月雁書[1]遲　동경팔월 안서지 한데

8월 동경 땅에서 편지 연락 더딘데,

秋思杳茫無處期　추사묘망 무처기 라

이 가을 아득한 생각은 기약할 곳이 없구나.

孤燈小雨雨聲冷　고등소우 우성랭 하니

가랑비 내리는 외로운 등잔불 아래 빗소리 차가우니,

太似往年臥病時　태사왕년 와병시 라

지난해 병들어 누웠을 때와 너무나 똑같다네.

** 이 시도 《화융지(和融志)》 제12권 8호(1908.8.)에 실렸다.

1) 안서(雁書) : 기러기가 전하는 편지. 한나라 무제 때 사신으로 갔던 소무(蘇武)가 흉노에게 억류되어 있을 때, 기러기 발에 편지를 매어 고국에 전한 일이 있었다. 음력 8월은 가을이므로 계절적으로도 어울린다.

20) 독창풍우(獨窓風雨)

홀로 있는 방에서 비바람 소리를 듣고

四千里外獨傷情[1] 사천리외 독상정 하니

 4천 리 밖에서 홀로 애를 태우니,

日日秋風白髮生 일일추풍 백발생 이라

 가을바람에 날마다 백발만 늘어나네.

驚罷晝眠人不見 경파주면 인불견 하고

 낮에 자다 놀라 깨니 사람은 보이지 않고,

滿庭風雨作秋聲 만정풍우 작추성 이라

 뜰에 가득 비바람 불어 가을 소리 짓는구나.

** 《화융지(和融志)》 제12권 8호(1908.8.)에 실렸다.

1) 상정(傷情) : 마음 아파함.

21) 추효(秋曉)

가을 새벽

虛室何生白[1] 허실 하생백 고

방을 비우면 어디에서 하얗게 밝음이 생겨나는고?

星河[2]傾入樓 성하 경입루 라

은하수는 기울어져 다락방으로 들어오네.

秋風吹舊夢 추풍 취구몽 하고

가을바람은 옛 꿈을 부추기고,

曉月照新愁 효월 조신수 라

새벽달은 새 시름을 비추네.

落木孤燈見 낙목 고등견 하고

잎 진 나무 사이로 외로운 등불 보이고,

古塘寒水流 고당 한수류 라

옛 연못으로 차가운 물이 흘러드네.

** 《화융지(和融志)》 제12권 9호(1908.9.)에 실렸다.

1) 허실하생백(虛室何生白) : '방을 비우면 빛이 생긴다'는 뜻으로, 방을 개방하면 광선이 들어와 환하게 되는 것처럼, 무념무상(無念無想)의 심경에 이르면 저절로 진리에 도달할 수 있음을 비유하여 이르는 말. -《장자(莊子)》 <인간세(人間世)>

2) 성하(星河) : 은하수.

遙憶未歸客　요억 미귀객 하니

아득히 돌아가지 못한 나그네를 생각하니,

明朝應白頭　명조 응백두 리라

내일 아침이면 틀림없이 백발이 되었으리라.

22) 추야청우유감(秋夜聽雨有感)

가을밤에 빗소리를 듣고

不學英雄不學仙　불학영웅 불학선 하니

영웅 되기도 배우지 못하고, 신선 되기도 배우지 못한 채,

寒盟[1]虛負黃花緣　한맹허부 황화연 이라

국화와의 인연만 헛되이 저버렸다네.

靑燈華髮[2]秋無數　청등화발 추무수 한데

청등 아래 반백(半白)은 가을이라 셀 수 없는데,

蕭雨雨聲三十年　소우우성 삼십년 이라

나그넷길 30년에 빗소리만 쓸쓸하다네.

** 《화융지(和融志)》 제12권 9호(1908.9.)에 실렸다.

1) 한맹(寒盟) : 약속 지킬 마음이 식음. 맹약(盟約)을 배반하다. 약속을 어기다. 한(寒)은 한랭(寒冷)이란 뜻으로, 맹약을 허물어 폐기하는 것이 곧 한랭한 것이다.

2) 화발(華髮) : 반백(半白)이 된 머리.

23) 야행(野行) 이수(二首)

들을 가는 노래 2수

그 첫째

匹馬蕭蕭渡夕陽　필마소소 도석양 하니

한 필 말로 쓸쓸히 석양길을 건너가니,

江堤楊柳變新黃　강제양류 변신황 이라

강둑의 버드나무 잎이 새로이 노랗게 변하였구나.

回頭不見關山[1]路　회두불견 관산로 하고

돌아보아도 고향산천 가는 길은 아니 보이고,

萬里秋風憶故鄕　만리추풍 억고향 이라

만 리 가을바람에 고향을 기억만 하는구나.

** 시제를 교행(郊行)으로 쓴 곳도 있다. 같은 제목으로 《화융지(和融志)》 제12권 9호(1908.9.)에는 위의 시만 실렸다.

1) 관산(關山) : 관문(關門)과 변방의 산. 산천(山川)으로 여기서는 고향산천을 뜻한다.

그 둘째

尋趣偶過古渡頭　심취우과 고도두 하니

흥취대로 찾아가다 우연히 옛 나루터를 지나니,

盈盈一水[2]小魚游　영영일수 소어유 라

넘실넘실 강물 위에 잔고기들 노니네.

汀雲已逐西風去　정운이축 서풍거 하고

물가에서 이는 안개는 이미 서풍 따라갔는데,

獨立斜陽見素秋[3]　독립사양 견소추 라

석양에 홀로 서서 가을 풍경 바라보고 있다네.

---

2) 영영일수(盈盈一水) : 영영(盈盈)은 물이 넘실거림의 의태어. 서로 바라다보이는 거리에서 말 한마디도 건네지 못하는 안타까운 심정을 가리킨다. 견우(牽牛)와 직녀(織女)를 읊은 고시(古詩) 중에 '찰랑찰랑 은하수 사이에 두고, 애틋하게 바라볼 뿐 말 한마디 못 건네네.(盈盈一水間, 脈脈不得語.)'라고 하였다. -《문선(文選)》 고시십구수(古詩十九首)

3) 소추(素秋) : 가을. 오행설에서 흰색은 가을에 해당한다.

24) 화지광백(和智光[1]伯) - 유이시문고답(遺以詩文故答)

지광선사에 화답하다 - 시문을 보내왔기에 답하다

文佳筆絶[2]卽生香　문가필절 즉생향 하니

글과 글씨 아름답고 빼어나니 곧 향기가 생겨나고,

一幅畵寫九曲腸[3]　일폭화사 구곡장 이라

종이 한 폭에 굽이굽이 사무친 마음을 그려 내었다네.

獨在千山萬水外　독재천산 만수외 하니

홀로 천산 만수 밖에 있건만,

故人只許寸心長　고인지허 촌심장 이라

옛 친구가 다만 내 마음 자란 것을 알아준다네.

---

1) 지광(智光) : 미상. 아마도 만해선사를 일본에 초대한 조동종 관련 일본 승려로 당시 조동종대학 교수로서 선(禪)을 가르친 사람인 듯하다.

2) 필절(筆絶) : 절필(絶筆). 글씨가 뛰어남.

3) 구곡장(九曲腸) : 구불구불한 밸(창자의 속어. 배알의 준말). 창자의 모양을 마음에 빗댄 말이다.

25) 동경여관청선(東京旅館聽蟬)

동경의 여관에서 매미 소리를 듣고

佳木淸於水 가목 청어수 하고

아름다운 나무는 물보다 맑고,

蟬聲似楚歌[1] 선성 사초가 라

매미 소리는 초나라 노래 같구나.

莫論此外事 막론 차외사 하라

이 밖의 일은 말하지 말게나,

偏入客愁多 편입 객수다 라

다만 나그네 시름을 돋울 뿐이라네.

---

1) 초가(楚歌) : 항우(項羽)가 해하(垓下)에서 한나라 군대에게 포위되었을 때, 사방에서 들리는 고향 초나라의 노랫소리에 놀라서 "한(漢)은 이미 초(楚)까지 빼앗았는가. 어찌 이리도 초나라 사람이 많으냐."고 하였다는 데서 나온 말.

26) 청효(淸曉)

맑은 새벽

高樓獨坐絶群情　고루독좌 절군정 하니

누각 높이 홀로 앉아 모든 번뇌 끊으려는데,

庭樹寒從曉月生　정수한종 효월생 이라

뜰의 나무 차가워질 때 새벽달이 돋아나네.

一堂如水收人氣　일당여수 수인기 하니

물같이 잔잔한 집이 인기척도 거둬가니,

詩思有無和笛聲　시사유무 화적성 이라

시상이 있건 없건 피리 소리에 화답하네.

27) 일광도중(日光[1]道中)

닛코로 가는 길에

試聞兒女爭相傳　시문아녀 쟁상전 하니

아녀자들 다투어 전하는 말 들어보니,

報道此中別有天　보도차중 별유천 이라

이 길 안에 별천지가 있다고 알려주는 듯하네.

逐水漸看兩岸去　축수점간 양안거 하니

물길을 좇아 두 기슭 따라가며 점점 보면 볼수록,

杳然恰似舊山川　묘연흡사 구산천 이라

저 멀리 아득한 고국산천과 흡사하구나.

---

1) 일광(日光) : 닛코. 일본 혼슈(本州) 도치기현(栃木縣)에 있는 도시. 1617년 도쿠가와 이에야스(德川家康)의 위패를 둔 도쇼궁(東照宮)이 건조된 뒤 그 문전(門前) 도시로 발전하였다. 닛코 주젠지코(中禪寺湖)가 유명하다.

28) 일광남호(日光南湖)[1]

닛코의 호수

神陀山中湖水開　신타산중 호수개 하니

신타산 속에 호수가 열려,

山光水色共徘徊　산광수색 공배회 라

산빛 물빛이 함께 맴도네.

十數小船一兩笛　십수소선 일량적 하니

10여 척 작은 배에 피리 소리 울리며,

夕陽唱倒[2]漁歌來　석양창도 어가래 라

석양에 고기 잡아 노래하며 돌아오네.

** 이상은 일본에 있을 때 작품임.

1) 일광남호(日光南湖) : 일본에서 가장 높은 곳에 있는 호수인 닛코(日光)의 주젠지코(中禪寺湖)를 말한다. 해발 1269m, 11.62㎢의 면적, 둘레는 25km이며, 최대수심은 163m에 이른다.

2) 창도(唱倒) : 일제히 소리 높여 부르는 것. 도(倒)는 격렬한 동작을 나타내는 조자(助字).

29) 양진암전춘(養眞庵[1]餞春)

양진암에서 봄을 보내다

暮雨寒鐘伴送春　모우한종 반송춘 이니

저녁 비, 차가운 종소리가 짝하여 봄을 떠나보내니,

不堪蒼髮又生新　불감창발 우생신 이라

흰머리 또 늘어남을 견딜 수가 없다네.

吾生多恨亦多事　오생다한 역다사 하니

이 몸은 한이 많고 일 또한 많은데,

肯將殘花作主人　긍장잔화 작주인 고

장차 남은 꽃이 주인 노릇을 할 수 있을까?

---

1) 양진암(養眞庵) : 초창기 영은사로 알려진 정읍의 내장사(內藏寺). 1923년 만해선사가 월명암 근처에 있는 양진암에 머물다 떠나면서 학명선사에게 '이제 그만 세간에 나오셔서 중생을 제도하시라'는 의미의 시를 드렸다고 한다. P.218 주 1) 참조.

30) 양진암(養眞庵)

양진암

深深別有地[1] 심심 별유지 하니

깊고 깊은 별천지에 있으니,

寂寂若無家 적적 약무가 라

적적고요하고 절조차도 없는 듯하네.

花落人如夢 화락 인여몽 한데

꽃 지는 것이 사람에겐 꿈결과 같은데,

古鐘白日斜 고종 백일사 라

오래된 종소리에 석양이 기우네.

---

1) 별유지(別有地): 속세와 먼 경치 좋은 곳. 별유천(別有天)과 같은 뜻이다.

31) 향로암야음(香爐庵[1]夜唫)

향로암에서 밤에 읊다

南國黃花早未開　남국황화 조미개 나

남쪽 나라엔 시절이 일러 국화 피지 않았으나,

江湖薄夢入樓臺　강호박몽 입루대 라

강호의 아련한 꿈은 누대로 들어오네.

雁影山河人似楚[2]　안영산하 인사초 한데

기러기 산천 위로 날고 나는 초나라 죄수 같은데,

無邊秋樹月初來　무변추수 월초래 라

가없는 가을 숲에 달이 막 돋는다.

---

1) 향로암(香爐庵) : 강원도 고성군 금강산에 있던 절. 동명의 절이 3곳 있다.

2) 초(楚) : 여기에서는 초나라 죄수[楚囚]. 타관에 있으면서 고향을 그리워하는 사람. 초나라 사람 종의(鍾儀)가 진(晉)나라에 잡혀가서 갇혀 있을 때, 진나라 혜공(惠公)이 그를 불러 금(琴)을 타보라고 하자 초(楚)나라의 음악을 연주했다고 한다. -《춘추좌씨전》 성공(成公) 9년

32) 향로암즉사(香爐庵卽事)

향로암에서 읊다

僧去秋山逈　승거 추산형 하니

스님이 떠나니 가을 산도 멀어지고,

鷺飛野水明　노비 야수명 이라

백로 나는 들판에 강물이 맑구나.

樹凉一笛散　수량 일적산 하니

나무 그늘 서늘한데 한가락 피리 소리 흩어지니,

不復夢三淸[1]　불부 몽삼청 이라

다시 신선 사는 곳 꿈꿀 수가 없구나.

1) 삼청(三淸) : 도가(道家)에서 말하는 신선이 사는 곳. 옥청(玉淸)·상청(上淸)·태청(太淸)의 세 궁.

33) 영산포주중(榮山浦[1]舟中)

영산포의 배 안에서

漁笛一江月　어적 일강월 하니

어부의 피리 소리에 강과 달이 하나 되고,

酒燈兩岸秋　주등 양안추 라

주막집 등불 비추니 강 양쪽이 가을이로구나.

孤帆天似水　고범 천사수 하니

외로운 돛단배 떠가는 데는 하늘도 강물도 같은 빛인데,

人逐荻花流　인축 적화류 라

사람도 갈대꽃 따라 흘러내려 가는구나.

1) 영산포(榮山浦) : 전라남도 나주시 남부 영산강 남안에 있었던 하항(河港). 1986년에 나주시로 편입되었다.

34) 범어사우후술회(梵魚寺[1]雨後述懷)

비 온 뒤의 범어사에서

天涯[2]春雨薄 천애 춘우박 이러니

하늘 끝에 봄비가 보슬거리더니,

古寺梅花寒[3] 고사 매화한 이라

옛 절에 매화가 추위를 견디고 피었구나.

孤往思千載 고왕 사천재 하니

홀로 가면서 천 년 세월을 생각하여 보니,

雲空髮已殘 운공 발이잔 이라

구름은 하늘에서 사라졌지만 내 머리칼은 이미 이지러졌구나.

---

1) 범어사(梵魚寺) : 부산광역시 금정구에 있는 사찰. 대한불교조계종 제14교구 본사이며, 합천 해인사, 양산 통도사와 더불어 영남의 3대 사찰로 불린다. 신라 문무왕 때 의상대사가 해동의 화엄십찰 가운데 하나로 창건했다고 한다.

2) 천애(天涯) : 하늘 끝. 먼 객지.

3) 매화한(梅花寒) : 매화가 추위를 견디고 있다.

35) 화엄사산보(華嚴寺[1]散步) 이수(二首)

화엄사에서 산보하며 지은 시 2수

그 첫째

古寺逢春宜眺望　고사봉춘 의조망 하니

옛 절에서 봄을 맞이하니 먼 데까지 내려다보기 좋으니,

潺江遠水始生波　잔강원수 시생파 라

졸졸 냇물 흘러 먼 강에 다다라 비로소 물결이 이네.

回首雲山千里外　회수운산 천리외 하니

고개 돌려 천 리 밖 구름 낀 산을 돌아다 보니,

奈無人和白雪歌[2]　내무인화 백설가 오

---

1) 화엄사(華嚴寺) : 전라남도 구례군 마산면 황전리 지리산에 있는 절. 544년(신라 진흥왕 5년)에 창건.

2) 백설가(白雪歌) : 양춘백설(陽春白雪)이라는 노래. 중국 초(楚)나라에서 가장 고상하다고 하던 가곡. 가장 고급의 노래나 시를 가리키는 말이다. 송옥(宋玉)이 초왕(楚王)의 물음에 답하여, 어떤 이가 하리파인(下里巴人)을 노래하니 국내에서 이에 화답한 자가 수천 명이었고, 다시 양아해로(陽阿薤露)를 노래하니 이에 화답한 이가 수백 명이었는데, 양춘백설을 노래함에 미쳐서는 겨우 수십 명밖에 화답하는 자가 없었다고 했다. 훌륭한 사람의 말과 행동은 보통 사람이 이해하

양춘백설가에 화답할 사람 어찌 없겠는가?

기 어려움을 비유하며, 고상한 시의 정서를 뭇사람은 해득하지 못한다는 뜻으로 자주 쓰인다. '양춘백설과 같은 고상한 노래에는 화답해 부르는 사람이 드물다.(陽春之曲和者必寡)'. - 〈송옥(宋玉)이 초나라 임금의 물음에 대답하다(宋玉對楚王問)〉

그 둘째

二人來坐溪上石　이인래좌 계상석 하니

두 사람이 시냇가 돌 위에 가서 앉으니,

磵水有聲不見波　간수유성 불견파 라

골짜기 물소리 들려도 물결은 보이지 않는구나.

兩岸青山斜陽外　양안청산 사양외 하니

물줄기 양쪽 기슭 청산들은 비스듬히 지는 석양 밖에 비껴있으니,

歸語無心自成歌　귀어무심 자성가 라

돌아오며 무심코 내뱉은 말이 저절로 노래가 되는구나.

36) 과구곡령(過九曲嶺[1])

구곡령을 지나며

過盡臘雪千里客 과진납설 천리객 이

선달 눈 다 거쳐온 천릿길 나그네,

智異山裡趁春陽 지리산리 진춘양 이라

지리산 속에서 봄볕을 쫓아가네.

去天無尺[2]九曲路 거천무척 구곡로 를

하늘까지 한 자도 채 안 되는 구곡 높은 고갯길을,

轉廻不及我心長 전회불급 아심장 이라

돌고 돌아도 내 마음 길이에는 미치지 못한다네.

---

1) 구곡령(九曲嶺) : 경상남도 산청군 시천면 내원사 계곡에서 중산리로 넘어가는 고개.

2) 거천무척(去天無尺) : 산이 높아서 하늘과의 거리가 한 자도 안 되는 것. '잇닿은 봉우리 하늘에서 지척이네.(連峰去天不盈尺)' - 이백(李白) 〈촉도난(蜀道難)〉

37) 약사암도중(藥師庵[1]途中)

약사암 가는 길

十里猶堪半日行　십리유감 반일행 하니

십 리 길도 오히려 반나절에 갈 만은 한데,

白雲有路何幽長　백운유로 하유장 고

흰 구름 속 나 있는 길 어찌 이리 그윽할까?

緣溪轉入水窮處　연계전입 수궁처 하니

시내 따라 돌아 들어가니 물길도 끝나버린 곳,

深樹無花山自香　심수무화 산자향 이라

깊은 숲속에 꽃이 없어도 산이 저절로 향기를 낸다네.

---

1) 약사암(藥師庵) : 미상이나 경기도 평택군 청북면 용성리에 있는 절인 듯하다. 852년(신라 문성왕 14년) 창건.

38) 구암사초추(龜巖寺[1]初秋)

구암사의 초가을

古寺秋來人自空　고사추래 인자공 하고

옛 절에 가을 들자 사람들 저절로 마음 비우고,

匏花高發月明中　포화고발 월명중 이라

박꽃은 밝은 달빛 아래 높직이 피었다네.

霜前南峽楓林語[2]　상전남협 풍림어 하니

서리 오기 전 남산 골짜기에 단풍잎이 속삭이니,

纔[3]見三枝數葉紅　재견삼지 수엽홍 이라

곧바로 서너 가지의 붉은 잎사귀 울긋불긋 눈에 들어오네.

---

1) 구암사(龜巖寺) : 내장사와 백암사의 중간에 있는 전라북도 순창에 있는 절. 백제 무왕 37년(636년)에 숭제(崇濟)법사가 창건. 사찰 동편에 숫거북 모양의 바위, 대웅전 밑에 암거북 모양의 바위가 있어서 구암사라고 했고, 신령스러운 거북 모양을 닮았다고 구암사가 있는 산을 영구산(靈龜山)이라고 불렀다. 만해는 여름부터 봄까지 구암사에서 생활하며 석전(石顚) 영호선사(映湖禪師)를 정신적 스승으로 모셨다고 한다.

2) 풍림어(楓林語) : 단풍나무 숲이 바람에 흔들리는 것.

3) 재(纔) : '가까스로 그만큼', '~하자마자 바로'. 현대 중국어에서는 간체자(簡體字)로 재(才)를 사용하기도 한다.

39) 구암폭(龜巖瀑)[1]

구암사 폭포

秋山瀑布急　추산 폭포급 하고

가을 산 폭포 소리 급한데,

浮世愧殘春[2]　부세 괴잔춘 이라

덧없는 세상 남은 봄이 부끄러워라.

日夜欲何往　일야 욕하왕 고

밤낮 가리지 않고 어디로 가려 하나?

回看千古人[3]　회간 천고인 이라

만고 영웅들을 돌아보게 되는구나.

---

1) 구암폭(龜巖瀑) : 구암사 동쪽에 있는 폭포로, 이름이 추산폭포(秋山瀑布)이다.

2) 잔춘(殘春) : 쇠잔한 나이. 노년.

3) 회간천고인(回看千古人) : 급히 흐르는 물과 덧없이 지나가는 세상사 속의 무상함에 떠밀리는 자신을 돌이켜보고, 천고의 변하지 않는 영걸들을 회상한다는 뜻이다.

40) 술회(述懷)

회포를 말하다

心如疎屋下關扉 심여소옥 하관비 하니

마음은 엉성한 지붕 아래 사립문 닫은 것 같아서,

萬事曾無入微妙 만사증무 입미묘 라

일찍이 만사가 미묘함에 든 적이 없다네.

千里今宵亦一夢 천리금소 역일몽 이니

천 리 밖 오늘 밤도 또 하나의 꿈이거니,

月明秋樹夜紛飛 월명추수 야분비 라

달빛 밝은 밤 가을 나무에 어지러이 잎 날리네.

41) 쌍계루(雙溪樓)[1]

쌍계루

一樓絶俗似高僧　일루절속 사고승 이니

이 누각은 속기(俗氣)를 끊어 고매한 스님 같으니,

欲致定非力以能　욕치정비 역이능 이라

이루려 한들 정녕 사람 힘으로는 이룰 바가 아니라네.

鶴未歸天香已下[2]　학미귀천 향이하 하고

학은 아직 돌아오지 않았지만 향기 이미 풍겨오니,

人今爲客秋先增　인금위객 추선증 이라

나 이제 나그네 되니 가을이 깊어가네.

懸崖如雨楓林急[3]　현애여우 풍림급 하니

---

1) 쌍계루(雙溪樓) : 전라남도 장성의 백암산 백양사 입구에 있는 누각. 1370년에 무너진 뒤 1377년에 복구되었으며, 정도전·이색 등이 기문을 남겼다. 이색의 〈백암산 정토사 쌍계루기〉에 의하면 이곳에서 두 계곡의 물이 합쳐지므로 '쌍계루'라 이름 지었다고 한다. 만해선사는 득도 2년 전 37세 때인 1915년에 여기 머물렀다.
2) 학미귀천향이하(鶴未歸天香已下) : 작자의 주에 학은 학암(鶴巖)을 가리킨 것이라고 했다. 학은 신선이 타고 승천하는 것으로 되어 있으므로, 향은 이미 내려온다고 하여 학이 곧 날아 올라갈 것임을 암시한다.
3) 급(急) : 위태로움. 여기서는 '먼저'의 의미로 쓰임.

벼랑 끝에 걸린 빗방울 같은 단풍 숲이 먼저 붉어지려 하니,

穿樹無雲澗水澄　천수무운 간수징 이라

나무 사이 걸린 구름도 없고 산골 물도 맑다네.

海內弟兄[4]吾亦有　해내제형 오역유 하니

이 나라 안에 형제와 나도 또한 있으니,

大期他日盡歡登　대기타일 진환등 이라

다른 날도 다 함께 여기에 올라 기쁨을 다하기를 바란다네.

---

4) 제형(弟兄) : 형제(兄弟). 작자의 주에 '이때 송청암 형제가 함께 이 다락에 올랐다.(時宋淸巖兄弟共登此樓)'라고 되어있다.

III.

열반涅槃 · 적정寂靜

경물[梅, 菊, 月, 酒, 雲, 風, 雪 등]을 노래한 시를 모았다.

1) 독《풍아》주자용동파운부매화 용기운부매화(讀《風雅》[1]朱子用東坡韻[2]賦梅花 用其韻賦梅花)

《풍아》에서 주자가 동파의 운을 써서 매화를 읊은 것을 읽고 그 운으로 매화를 읊다

江南暮雪有孤村 강남모설 유고촌 하니

강남땅의 외딴 마을, 해질녘에 눈 내리니,

玉樹[3]層層降詩魂 옥수층층 강시혼 이라

매화나무엔 겹겹이 시혼이 내려오네.

---

1) 풍아(風雅) : 중국 원나라 김이상(金履祥)이 송(宋)나라 도학자, 시인 48명의 시를 모아 《시경(詩經)》을 본떠 편찬한 6권의 《염락풍아(濂洛風雅)》를 뜻한다. 책 제목은 염계(濂溪) 사람 주돈이(周敦頤), 낙양(洛陽) 사람 정호(程顥), 정이(程頤)의 이름에서 한 글자씩 빌렸다.

2) 동파운(東坡韻) : 소동파(蘇東坡)의 시는 〈11월 26일에 송풍정 아래에 매화가 만발하였기에(十一月二十六日 松風亭下梅花盛開)〉와 〈다시 앞의 운을 사용하여(再用前韻)〉를 가리키고, 주자가 지은 시는 〈이백옥이 동파 시의 각운자를 써서 매화를 읊은 시에 화답하다(和李伯玉用東坡韻賦梅花)〉이다. -《소동파시집(蘇東坡詩集)》 권38, 《주자시집전(朱子詩集傳)》 권2

3) 옥수(玉樹) : 매화나무. 지란옥수(芝蘭玉樹)의 준말. 전설상의 선수(仙樹)로 풍채가 매우 준수함을 뜻한다. 명가(名家)의 영재(英材)를 비유하는 말. 진(晉)나라 사현(謝玄)이 숙부인 사안(謝安)에게 '지란옥수가 섬돌에 피어나 향기를 내뿜게 하는 것처럼 하고 싶다.(如芝蘭玉樹欲使其生於庭階耳.)'라고 소망을 밝힌 고사에서 유래하였다. -《진서(晉書)》 사안열전(謝安列傳)

枝枝散入塞外笛[4] 지지산입 새외적 하고

변방 피리 소리 가지마다 흩어져 들어 있고,

纖月蒼凉不染昏 섬월창량 불염혼 이라

가녀린 달은 희미하나 어둠을 물들이지 못한다네.

夜香連娟歸夢寂 야향련연 귀몽적 하고

밤 향기 가날퍼서 고향에 돌아갈 꿈 적막하고,

十年虛盟負故園 십년허맹 부고원 이라

10년 맹세 허망하게 고향만 등졌다네.

却恥春風多榮辱 각치춘풍 다영욕 하니

문득 부는 봄바람에 영욕 많음이 부끄러우니,

千寒萬寒不事溫 천한만한 불사온 이라

모진 추위 닥쳐도 따뜻함을 섬기진 않으리라.

嬌態不勝帶晩雨 교태불승 대만우 하니

저녁 빗속에도 교태를 숨길 수 없으니,

---

4) 지지산입새외적(枝枝散入塞外笛) : 피리 곡조 중 매화락(梅花落)이 있어서 가지마다 피리 소리를 내는 듯하다고 연상한 것. 새외(塞外)는 요새, 국경, 변방의 바깥.

新意那堪向朝暾　신의나감 향조돈 고

아침 햇살 향한 새로운 뜻을 어찌 감당하리오?

左有左松右有竹　좌유좌송 우유죽 하니

이쪽저쪽 어디에나 소나무와 대나무가 있으니,

一世相守不掩門　일세상수 불엄문 이라

한평생 서로 지켜 문 앞 가릴 일 없어라.

雖愛高名易成句　수애고명 이성구 나

비록 그 높은 이름을 사랑하여 시 구절 이루기는 쉬워도,

深看佳處還無言　심간가처 환무언 이라

깊이 그 아름다운 곳을 보면 도리어 형언할 길 없어라.

君我俱是厭世者　군아구시 염세자 니

그대와 나는 모두 이 세상을 싫어하는 사람이니,

芳年未闌[5]共對尊[6]　방년미란 공대준 이라

꽃다운 시절 더 늦기 전에 술이나 함께하세.

---

5) 미란(未闌) : 꽃다운 나이가 가기 전이라는 뜻. 매화가 지기 전. 난(闌)은 늦는 것.

6) 준(尊) : 술주전자[바리]. 준(樽), 준(罇) 등 이체자로 통용.

2) 우(又)[1] - 고인매제하부작오고 여유호기심시음 (古人梅題下不作五古 余有好奇心試唫)

또 - 옛사람이 매화를 두고 오언고시(五言古詩)를 지은 일이 없기에 나도 호기심으로 시험 삼아 읊다

梅花何處在 매화 하처재 오

매화는 어느 곳에 있는가?

雪裡多江村 설리 다강촌 이라

눈 덮인 강촌에 많다네.

今生寒氷骨 금생 한빙골 이나

이번 생애가 얼음 같은 풍골이라면,

前身白玉魂 전신 백옥혼 이라

전생엔 백옥의 넋이었으리라.

形容晝亦奇 형용 주역기 하고

그 모습 낮에 또한 기이하고,

1) 우(又) : Ⅲ. 1) - 2) 참조.

精神夜不昏　정신 야불혼 이라

밤에도 정신은 밝기만 하네.

長風散鐵笛[2)]　장풍 산철적 하고

장풍은 쇠피리 소리 흩어지게 하고,

暖日入禪園　난일 입선원 이라

따스한 해는 선방에 드네.

三春[3)]詩句冷[4)]　삼춘 시구랭 하니

삼춘의 시구엔 찬 기운이 어리니,

遙夜酒盃溫　요야 주배온 이라

기나긴 밤 술잔을 데운다네.

白何帶夜月　백하 대야월 오

---

2) 철적(鐵笛) : 은자(隱者)나 고사(高士)가 불던 젓대라고 전하는데, 쇠로 된 기구를 울린다는 것으로, 흔히 아름다운 문장이나 시를 짓는 것을 뜻한다. 주희(朱熹)의 〈철적정서(鐵笛亭序)〉에 '무이산 속의 은자인 유군은 철적을 잘 불어서, 구름을 뚫고 돌을 찢는 소리가 난다.(武夷山中隱者劉君, 善吹鐵笛, 有穿雲裂石之聲.)'라고 하였다.

3) 삼춘(三春) : 음력 정월에서 3월까지 봄의 석 달. 또는 세 해의 봄이란 말로 3년을 말하기도 함.

4) 시구랭(詩句冷) : 매화는 차가운 미를 지닌 꽃이므로 봄임에도 그것을 표현한 시는 찬 기운을 발산한다는 뜻.

하얀 매화는 어찌 달빛을 띠는고?

紅堪對朝暾 홍감 대조돈 이라

붉은 매화는 아침 해 보길 좋아하는 듯하네.

幽人抱孤賞 유인 포고상 하니

숨어 사는 이가 품고 홀로 즐기나니,

耐寒不掩門 내한 불엄문 이라

추위 견딘다고 문을 닫진 않으리라.

江南事蒼黃[5] 강남 사창황 하니

강남의 일은 뒤숭숭하니,

莫向梅友言 막향 매우언 이라

매화 친구에겐 말하지 말라.

人間知己少 인간 지기소 하니

인간 세상에 지기가 드무니,

相對倒深尊 상대 도심준 이라

매화 마주하여 속 깊은 술주전자 기울이리.

---

5) 창황(蒼黃) : 어찌할 겨를이 없이 매우 급함. 또는 너무 급하여 어찌 할 바를 모름.

3) 완월(玩月)

달 구경

空山多月色　공산 다월색 한데

빈 산에 달빛 흘러넘치는데,

孤往極清遊　고왕 극청유 라

혼자 거닐며 마음껏 맑게 노니네.

情緒爲誰遠　정서 위수원 고

이 감정의 단서를 누구를 위하여 멀리까지 풀어낼까?

夜闌[1]杳不收　야란 묘불수 라

밤이 깊도록 아득하여 거두어들일 수가 없구나.

---

1) 야란(夜闌) : 밤이 늦음. 밤이 깊어감. 난(闌)은 늦는 것을 뜻한다.

4) 견월(見月)

달을 보다

幽人見月色 유인 견월색 하니

숨어 사는 사람이 달빛을 보노라니,

一夜總佳期 일야 총가기 라

온 밤이 아름답기 그지없다네.

聊到無聲處[1] 요도 무성처 에

애오라지 세속의 소리 닿지 않는 곳에서,

也[2]尋有意詩 야심 유의시 라

다시 뜻있는 시를 찾노라.

---

1) 무성처(無聲處) : 이론이나 언어가 끊어진 경지. 선가(禪家)에서 숭상하는 경지.

2) 야(也) : 다시, 또.

5) 월욕생(月欲生)

달이 돋으려 할 때

衆星方奪照 중성 방탈조 하니

뭇별들이 바야흐로 빛을 잃어 가니,

百鬼皆停遊 백귀 개정유 라

온갖 귀신 함께 머물러 노니네.

夜色漸墜地 야색 점추지 하니

어두움이 차츰 땅에 내리면,

千林各自收 천림 각자수 라

온 숲은 각기 스스로 거두어 가네.

6) 월초생(月初生)

달이 처음 뜰 때

蒼岡白玉出　창강 백옥출 하고

희푸른 산등성이 백옥 같은 달이 솟고,

碧澗黃金遊　벽간 황금유 라

푸른 시내에 황금빛 달이 어리네.

山家貧莫恨　산가 빈막한 을

산속에 사는 이여, 가난을 한스러워 말라!

天寶[1]不勝收　천보 불승수 라

하늘이 주는 보배 이루 다 거두어들일 수 없다네.

1) 천보(天寶) : 하늘의 보배, 자연의 혜택.

7) 월방중(月方中)

달이 한가운데 올 때

萬國皆同觀　만국 개동관 하고

온 천하 모두 함께 우러러보고,

千人各自遊　천인 각자유 라

모든 사람 제각기 스스로 즐긴다네.

皇皇[1]不可取　황황 불가취 하고

눈이 부시게 빛이 나도 가질 수 없고,

迢迢[2]那堪收　초초 나감수 오

아득히 멀어 어찌 거둘 수 있으리?

---

1) 황황(皇皇) : 매우 빛나는 모양.

2) 초초(迢迢) : 멀고 먼 모양.

8) 월욕락(月欲落)

달이 지려고 할 때

松下蒼烟歇 송하 창연헐 하고

소나무 아래 푸른 안개 걷히고,

鶴邊淸夢遊 학변 청몽유 라

학 곁에서 맑은 꿈을 꾸며 노니네.

山橫鼓角罷 산횡 고각파 하고

동산을 가로지르던 뿔피리 소리 그치고,

寒色盡情收 한색 진정수 라

차가운 달빛 다하니 이 마음도 거두어야 하리.

9) 청한(淸寒)

맑고 찬 날

待月梅何鶴 대월 매하학 고

달을 기다리는 매화는 얼마나 학 같은가?

依梧人亦鳳 의오 인역봉 이라

오동나무에 기댄 사람 또한 봉황일세.

通宵寒不盡 통소 한부진 하고

밤새도록 추위는 그치지 않고,

遶屋雪爲峰 요옥 설위봉 이라

집을 에워싼 눈은 산이 되었다네.

10) 설효(雪曉)

눈 내린 새벽

曉色通板屋　효색 통판옥 이나

새벽빛이 판잣집에도 비치나,

怱怱[1]不可遊　총총 불가유 라

마음이 조급하고 조급해져 노닐 수가 없다네.

層郭孤雲去　층곽 고운거 하고

층층의 성곽 위로 한 조각 구름 떠가고,

亂峰殘月收　난봉 잔월수 라

뭇 봉우리 지는 달을 거두었다네.

寒情遶玉樹[2]　한정 요옥수 하니

쓸쓸한 마음이 눈 덮인 나무를 휘돌아 드니,

新夢過滄洲[3]　신몽 과창주 라

새로이 창주를 지나는 꿈을 꾸네.

---

1) 총총(怱怱) : 당황하다. 몹시 급하고 바쁜 모양.
2) 옥수(玉樹) : 여기서는 눈에 덮인 나무.
3) 창주(滄洲) : 바다에 있는 신선이 산다는 곳. 불가(佛家)의 이상을 상징한 것으로도 해석함.

風起鐘聲急　풍기 종성급 하니

바람 불어 종소리 급해지니,

乾坤歷歷浮[4]　건곤 역력부 라

온 천지가 눈 위에 뜬 것 같구나.

4) 건곤역력부(乾坤歷歷浮) : 두보(杜甫)의 〈등악양루(登岳陽樓)〉 시에 '천지가 물 위에 밤낮 떠 있는 듯이 보인다.(乾坤日夜浮)'라는 구절이 있다.

11) 설후음(雪後唫)

눈 그친 후에 읊다

幽人寂寂每縱觀[1] 유인적적 매종관 하니

숨어 사는 이 적적하게 살아도 매번 마음껏 살펴보나니,

眼欲靑[2]時意不輕 안욕청시 의불경 이라

눈으로 좋은 것을 보고자 할 때는 마음도 가볍지는 않아진다네.

大雪初晴塵世遠 대설초청 진세원 하니

큰 눈 온 후 막 갠 그 광경 속세와는 멀어지나니,

萬山欲暮壯心生 만산욕모 장심생 이라

온 산은 저물어가나 장한 마음은 솟아난다네.

經歲漁樵皆入夢 경세어초 개입몽 하고

지난 세월 고기잡이, 나무꾼들 모두 꿈속에 들어오고,

---

1) 매종관(每縱觀) : 경치가 바뀔 때마다 마음껏 보는 것.

2) 안욕청(眼欲靑) : 진(晋)나라 완적(阮籍)은 죽림칠현(竹林七賢 : 무위 사상을 숭상해 청담을 나누던 7명)의 한 사람이다. 그는 속된 무리를 대할 때는 백안(白眼)이 되고, 풍류를 이해하는 사람을 대할 때는 청안(靑眼)이 되었다고 한다. 안욕청은 원래 '친한 사람을 기쁘게 대하는 일'이지만 이 시에서는 '좋은 경치를 만나 기뻐함'을 뜻한다.

忍冬梅竹亦關情　인동매죽 역관정 이라

겨울 견딘 매화와 대나무에 정말 마음이 이끌린다네.

萬古英雄一評後　만고영웅 일평후 에

만고 영웅들 한 번씩 평하여 본 뒤에,

更聽四海動春聲　갱청사해 동춘성 이라

다시 온 세상에 봄을 움직이는 소리 들어보려 한다네.

12) 효경(曉景) 삼수(三首)

새벽 경치 3수

그 첫째

月逈雲生木　월형 운생목 하고

달이 멀리까지 비치니 구름 속에서 나무 모습 나타나는데,

高林殘夜懸　고림 잔야현 이라

높은 숲에는 남은 어두움이 걸려 있네.

撩落[1]鐘聲盡　요락 종성진 하니

어지러이 울리던 종소리 끊어지니,

孤情斷復連　고정 단부련 이라

외로운 마음 끊어졌다 다시 이어지네.

---

1) 요락(撩落) : (종소리가) 어지러이 울리는 것.

그 둘째

山窓夜已盡　산창 야이진 하나

산속 창가에 밤이 이미 끝나가나,

猶臥朗唫詩　유와 낭음시 라

그냥 누운 채로 낭랑하게 시를 읊고 있었다네.

栩然[2] 更做夢　허연 갱주몽 하니

즐겁게 또 꿈을 꾸었는데,

復上梅花枝　부상 매화지 라

다시 매화 가지 위에 올랐다네.

---

2) 허연(栩然) : 활발하며 즐거운 모양. '지난 어느 날, 장주(莊周)는 꿈에 나비가 되었다. 훨훨 나는 것이 확실히 나비였다. 스스로 유쾌하여 자신이 장주인 것을 몰랐다. 그러나 조금 뒤에 문득 깨어 보니 자기는 틀림없이 장주였다. 장주가 나비가 된 꿈을 꾼 것인가? 나비가 장주가 된 꿈을 꾼 것인가?(昔者莊周夢爲胡蝶, 栩栩然胡蝶也. 自喩適志與 不知周也. 俄然覺, 則蘧蘧然周也. 不知周之夢爲胡蝶, 胡蝶之夢爲周與?)' - 《장자(莊子)》 <제물론(齊物論)>

그 셋째

千山一雁影　천산 일안영 이나

온 산에는 외기러기 그림자뿐이나,

萬樹幾鐘聲　만수 기종성 고

온 숲에 몇 번이나 종소리 울렸던가?

古屋獨僧在　고옥 독승재 하니

오래된 집에 승려 홀로 있으니,

芳年白首[3]情　방년 백수정 이라

꽃다운 나이지만 늙은이의 마음일세.

---

3) 백수(白首) : 허옇게 세어 백발이 된 머리. 늙은이.

13) 관낙매유감(觀落梅有感)

지는 매화를 보고

宇宙百年大活計　우주백년 대활계 로

한평생 우주에서 살아가려는 계획으로,

寒梅依舊滿禪家　한매의구 만선가 라

차가운 매화 옛날같이 절집에 가득 피었다네.

回頭欲問三生[1]事　회두욕문 삼생사 하니

고개 돌려 삼생의 일 묻고자 하였더니,

一秩維磨[2]半落花[3]　일질유마 반락화 라

한 질의 《유마경》이 절반쯤이나 떨어진 꽃 같구나.

** 이 시는 깨달음에 분별심이 생겼음을 자조하는 모습으로 보인다.

1) 삼생(三生) : 전생(前生) · 금생(今生) · 내생(來生).

2) 유마(維磨) : 비마라힐(毘摩羅詰). 범어 비말라키르티(Vimalakirti)의 음역. 부처님의 세속 제자. 인도 비야리국 장자로서 속가에 있으면서 보살 행업을 닦았다. 대승경전인 《유마경(維摩經)》의 주인공. 유마거사라고 함.

3) 반락화(半落花) : 유마가 병들자 석가께서 문수보살을 문병차 보냈고 이를 계기로 문수와 유마 사이에 문답이 벌어졌다. 그때 한 천녀(天女)가 나타나 보살들과 석가의 제자에게 꽃을 뿌렸는데, 보살의 몸에 뿌려진 꽃은 곧 떨어졌으나 그 제자들의 것은 떨어지지 않았다. 그것은 꽃으로 몸을 장식하면 안 된다는 분별심을 내어 마음이 꽃에 얽매인 까닭이라는 것이 제7 관중생품(觀衆生品)의 내용에 대한 설명이다. -《유마경》

14) 중양(重陽)[1]

중양절

九月九日百潭寺　구월구일 백담사 에

9월 9일 중양절 백담사에,

萬樹歸根病離身　만수귀근 병리신 이라

온갖 나뭇잎은 뿌리로 돌아가니 내 병도 몸을 떠났다네.

閒雲不定孰非客　한운부정 숙비객 고

한가로운 구름 정처 없듯이 누군들 나그네 아니랴?

黃花已發我何人　황화이발 아하인 고

국화 이미 피었는데 나는 어떤 사람인가?

溪磵[2]水落晴有玉　계간수락 청유옥 하고

돌 틈 물 떨어지자 맑기가 옥 같고,

---

1) 중양(重陽): 음력 9월 9일로 제비가 따뜻한 강남으로 돌아간다고 전해지는 세시풍속. '중구(重九)'라고도 한다. 중양은 양이 겹쳤다는 뜻이니 양수인 홀수가 겹친 3월 3일, 5월 5일, 7월 7일도 다 중양이 될 수 있으나, 중양이라고 하면 대개 중구(重九)를 가리킨다. 중구는 음양 철학적인 중일(重日) 명절의 대표적인 날이었다.

2) 계간(溪磵): 산골짜기 바위틈으로 흐르는 시냇물이 돌 웅덩이에 고인 것. 계간(溪澗)과 뜻이 통함.

鴻雁秋高逈無塵　홍안추고 형무진 이라

가을하늘 높이 기러기가 아득히 티끌처럼 멀어지네.

午來更起蒲團上　오래갱기 포단상 하니

한낮에 다시 부들방석 위에서 일어나니,

千峰入戶碧嶙峋[3]　천봉입호 벽린순 이라

1천 봉우리 문안에 들어와 푸르게 우뚝 솟았네.

---

3) 인순(嶙峋) : '(산의 바위 따위가) 겹겹이 우뚝하다'는 뜻이므로 벽린순(碧嶙峋)은 '푸르게 우뚝 솟았다'로 해석할 수 있다. 주로 중국어에서 수골린순(瘦骨嶙峋), '뼈가 드러날 정도로 쇠약하고 여위다'는 의미로 쓰인다. 따라서 백담사에서의 분주한 일상 중에(어려운 상황에서도) 참선 삼매를 이어가던 자신의 모습을 사물에 의탁해 드러낸 것으로 볼 수 있다.

15) 한강(漢江)

한강

行到漢江江水長 행도한강 강수장 하니

발걸음 한강에 이르니 강물은 긴데,

深深無語見秋光 심심무어 견추광 이라

묵묵히 걷는데 깊고 깊게 가을빛 눈에 들어온다네.

野菊不知何處在 야국부지 하처재 오

들국화는 알지 못하겠구나, 어디쯤에 피었는지?

西風時有暗傳香 서풍시유 암전향 이라

때때로 서풍 타고 그윽한 향기만 풍기는구나.

16) 설야간화유감(雪夜看畵有感)

눈 오는 밤 그림을 보고

風雪中宵不盡吹　풍설중소 부진취 하니

눈바람은 한밤중에도 그치지를 아니하는데,

人情歲色[1]共參差[2]　인정세색 공참치 라

인정과 세상 형편도 모두 들쭉날쭉하구나.

生來慣被黃金負[3]　생래관피 황금부 하니

지금껏 살아오며 황금의 저버림을 받아,

老去忍從白酒欺[4]　노거인종 백주기 라

늙어가며 술이 속이는 걸로 참고 따랐다네.

寒透殘梅香易失　한투잔매 향이실 하니

찬 기운이 남은 매화를 파고들어 향기 잃기 쉬우니,

---

1) 세색(歲色) : 원래 뜻은 세월의 현실 상태나 형편이나, 여기에서는 연말의 풍광이라는 뜻.

2) 참치(參差) : Ⅰ. 25) - 4) 참조.

3) 관피황금부(慣被黃金負) : 황금에 저버림을 당하는 데 익숙해져 있음. 가난에 익숙하다는 말.

4) 인종백주기(忍從白酒欺) : 인(忍)은 반어로 쓰일 때도 있으나 이 시에서는 참는다는 뜻. 백주는 흰 술. '흰 술의 기만을 참고 따른다'는 것은 뻔히 알면서도 술에 속고 산다는 뜻이다.

燈深華髮夢難期　등심화발 몽난기 라

등불 깊어가는 밤 반백 늙은이, 꿈을 기약하기 어렵다네.

畵裡漁翁眞可羨　화리어옹 진가선 하니

그림 속 고기 잡는 늙은이, 진정 부러워할 만하구나,

坐看春水綠生漪　좌간춘수 녹생의 라

앉아서 봄 강물에 푸른 잔물결 넘실거림을 바라보는 것이.

Ⅳ.

인욕忍辱 · 해탈解脫

문득 지은 즉사(卽事), 따로 제목을 붙이지 않은 무제(無題) 시와, 3·1운동으로 서대문형무소에 갇혀 있을 때 쓴 시를 따로 모아 해탈의 경지를 살펴보려 한다.

1) 즉사 1(卽事 一) 사수(四首)

본 대로 느낀 대로 1 4수

그 첫째

山下日杲杲 산하 일고고 하고

산 아래는 햇빛이 쨍쨍 밝게 비치고,

山上雪紛紛 산상 설분분 이라

산 위에는 눈이 펄펄 흩날리네.

陰陽各自妙 음양 각자묘 하니

음과 양이 각각 스스로 기묘하니,

詩人空斷魂 시인 공단혼 이라

시인만 공연히 애가 끊어지는 듯하네.

그 둘째

烏雲散盡孤月橫　오운산진 고월횡 하니

먹구름 흩어진 곳에 외로운 달이 가로지르니,

遠樹寒光歷歷生　원수한광 역력생 이라

멀리 선 나무들도 차가운 달빛에 역력하게 보이네.

空山鶴去今無夢　공산학거 금무몽 한데

빈 산엔 학도 날아가고 지금은 꿈도 없어졌는데,

殘雪人歸夜有聲　잔설인귀 야유성 이라

누군가 잔설 밟고 돌아가는지 밤중에 소리 나네.

紅梅開處禪初合　홍매개처 선초합 하고

붉은 매화 피는 곳에서 선승이 삼매에 비로소 들어가니,

白雨過時茶半[1]淸　백우과시 다반청 이라

---

1) 다반(茶半) : 다반향초(茶半香初)로 많이 쓰임. '다반'은 '전다반숙(煎茶半熟 : 차를 달이는 데 반쯤 익혔을 때라는 말)'에서 중간의 두 글자만 따다 사용하는 말이고, '향초'는 '노향초범(爐香初泛 : 화로 위의 다관에서 끓기 시작하는 차의 향내가 처음으로 피어오른다는 말)'에서 중간의 두 글자만 따다가 쓴 말이다. 다반에 대한 뚜렷한 전고는 찾기 어려우나, 향초는 소동파(蘇東坡)의 〈대두사에서 달밤에 걸으면서(臺頭寺步月)〉 시에서 따온 것이다. '촉촉한 화로 위에서 끓기 시작하는 차의 향내가 처음으로 피어오르는 밤에, 축축 늘어진 꽃 그림자 봄을 흔들어 놓으려고 하네.(浥浥爐香初泛夜, 離離花影欲搖春).'

소나기 지나간 뒤에 차 맛이 한결 맑네.

虛設虎溪[2]亦自笑　허설호계 역자소 하니

헛되이 호계를 벗어나지 않겠다고 한 맹세 또한 절로 우스우니,

停思[3]還憶陶淵明　정사환억 도연명 이라

생각 멈추고 다시 도연명을 추억해 보네.

---

2) 호계(虎溪) : 중국 여산(廬山)의 동림사(東林寺) 앞에 있는 시내인데, 이 시내를 넘어가면 범이 울었기 때문에 이렇게 이름하였다. 진(晉)나라 고승 혜원법사(慧遠法師)가 손님을 전송할 때에 이 시내를 넘지 않을 것을 스스로 규율로 삼았는데, 뒷날 도잠(陶潛), 육수정(陸修靜)과 뜻이 맞아 배웅하며 담소하다가 자신도 모르게 넘어가자 범이 갑자기 우니, 세 사람이 놀라 크게 웃고는 헤어졌다고 한다. -《산당사고(山堂肆考)》 권24 호호(虎號). 한국고전 DB 각주 정보

3) 정사(停思) : 도잠(陶潛)의 〈정운(停雲)〉 시에 '어둑어둑 멈춘 구름, 부슬부슬 내리는 비.(靄靄停雲, 濛濛時雨.)'라는 구절이 있다. 그 자서(自序)에 '정운은 친우(親友)를 그리워하는 시이다.(停雲, 思親友也.)'라고 하였다. 이후로는 문인들이 친구를 그리워하는 것을 표현할 때에 이 '정운'을 많이 사용하였다. - 한국고전 DB 각주 정보

그 셋째

殘雪日光動　잔설 일광동 하니

잔설에 햇빛이 눈부시고,

遠林春意過　원림 춘의과 라

먼 데 숲에 봄빛이 지나가네.

山屋病初起　산옥 병초기 하니

산속 집에서 병을 앓다 막 일어나니,

新情不奈何　신정 불내하 오

새로 솟는 시정(詩情)을 어찌할 수 없구나!

그 넷째

朔風吹白日　삭풍 취백일 한데

삭풍이 한낮에도 휘몰아치는데,

獨立對江城[4]　독립 대강성 이라

홀로 강성을 마주하고 섰다네.

孤烟接樹直[5]　고연 접수직 하고

한 줄기 연기 나무를 타고 솟아오르고,

輕夕[6]落庭橫　경석 낙정횡 이라

초저녁 땅거미 뜰을 가로지르네.

千里山容滴　천리 산용적 하니

저 멀리 아득한 산이 젖은 모습이니,

一方雪意生　일방 설의생 이라

이곳엔 눈이 올 기미가 있네.

詩思動邊塞　시사 동변새 하니

변방에서도 시를 쓰고픈 마음이 생기니,

---

4) 강성(江城) : 강변의 성. 장소가 정확하지 않으나 국경지대인 듯함.

5) 고연접수직(孤烟接樹直) : 한 무더기의 안개가 번져가다가 나무에 부딪혀 위로 치솟는 것을 말하며, 나무를 타고 오르기 때문에 직(直)이라고 함.

6) 경석(輕夕) : 얕은 황혼. 초저녁.

侶鴻過太淸[7] 여홍 과태청 이라

짝지은 기러기 떼 맑은 하늘 가로지르네.

---

7) 태청(太淸) : 하늘. 도가(道家)에서 말하는 신선이 산다는 세 궁[삼청(三淸 : 옥청玉淸 · 상청上淸 · 태청太淸)]의 하나.

2) 즉사 2(卽事 二) 이수(二首)

본 대로 느낀 대로 2 2수

그 첫째

一庵何寂寞 일암 하적막 고

이 작은 암자는 어찌 이리 고요한지?

塊坐[1]依欄干 괴좌 의란간 이라

우두커니 홀로 난간에 기대어 앉았다네.

枯葉作聲惡 고엽 작성악 하고

마른 나뭇잎 소리는 사납고,

飢烏爲影寒 기오 위영한 이라

굶주린 까마귀 그림자는 차갑기만 하다네.

歸雲斷古木 귀운 단고목 하고

돌아가던 구름 고목에 가리고,

落日半空山 낙일 반공산 이라

지는 해는 빈산 중턱에 걸렸다네.

---

1) 괴좌(塊坐) : 홀로 돌덩이처럼 우두커니 앉아 있는 모양.

獨對千峰雪　독대 천봉설 하니

하얗게 눈 내린 여러 봉우리 마주하니,

淑光[2]天地還　숙광 천지환 이라

천지에 봄빛이 돌아오는 듯하네.

---

2) 숙광(淑光) : 봄빛. 숙기(淑氣 : 맑은 기운)처럼 좋은 기운.

그 둘째

北風雁影絶　북풍 안영절 하니

북풍에 기러기 자취도 끊어지니,

白日客愁寒　백일 객수한 이라

한낮에도 나그네 시름이 차갑다네.

冷眼[3]觀天地　냉안 관천지 하니

무심한 눈길로 천지를 바라보니,

一雲萬古閒　일운 만고한 이라

한 점 구름만 만고에 한가롭다네.

3) 냉안(冷眼) : 냉정한 눈. 초연한 태도를 비유적으로 일컫는 말이다.

3) 안해주(安海州)

안중근의 쾌거

萬斛熱血十斗膽　만곡열혈 십두담 하니

만 섬의 뜨거운 피와 열 말의 담력으로,

淬[1]盡一劒霜有韜[2]　쉬진일검 상유도 라

한 칼을 갈아 내니 그 서슬에 《육도삼략(六韜三略)》 들어 있었다네.

霹靂忽破夜寂寞[3]　벽력홀파 야적막 하니

청천벽력같이 밤의 적막을 깨뜨리니,

鐵花亂飛秋色高　철화란비 추색고 라

총탄 불꽃 난무하는 곳에 가을빛이 드높았다네.

---

1) 쉬(淬) : 담금질함. 쇠붙이를 벼림.

2) 상유도(霜有韜) : 서리 같은 칼날이 칼집 속에 들어 있음. 칼날의 날카로움에 중점이 있고, 감출 도(韜)는 운(韻)을 맞추기 위해 쓴 것이다.

3) 야적막(夜寂寞) : 이등박문을 밤에 죽인 것이 아니지만, 당시 망해가던 나라의 침체된 사회 정세를 밤의 적막으로 상징한 것이다.

⊙ 참고

만 섬의 끓는 피여! 열 말의 담력이여!

벼르고 벼른 기상 서릿발이 시퍼렇다.

별안간 벼락 치듯 천지를 뒤흔드니,

총탄이 쏟아지는데 늠름한 그대 모습이여. - 만해기념관

4) 황매천(黃梅泉[1])

황현을 기림

就義從容[2]永報國　취의종용 영보국 하니

조용하게 의로움에 나아가 길이 나라 은혜 보답하리니,

一瞑萬古劫花[3]新　일명만고 겁화신 이라

한 번 죽어 만고에 불멸의 절개를 새롭게 하리라.

莫留不盡泉臺[4]恨　막류부진 천대한 하라

다하지 못한 구천의 한은 남겨두지 마시오,

大慰苦忠自有人　대위고충 자유인 이니

애절한 충절 크게 위로할 사람 저절로 많을 것이니.

---

1) 매천(梅泉) : 황현(黃玹, 1855~1910)의 호. 《매천집(梅泉集)》, 《매천야록(梅泉野錄)》 등을 저술한 문인, 시인, 열사이다.
2) 종용(從容) : 태연한 모양. 침착하고 점잖은 모양.
3) 겁화(劫花) : 겁이 영원에 가까운 시간이니 영원의 꽃, 불변의 절개 정도의 뜻일 듯하다. 화(花)는 화(火)와 통해서 동음(同音)인 불교의 '겁화(劫火)'로도 볼 수 있다.
4) 천대(泉臺) : 천하(泉下)나 천양(泉壤)과 같은 말로 황천(黃泉) 또는 무덤을 뜻한다. 불교에서 말하는 죽음의 세계. 구천(九泉). 저승. 명부(冥府)와 같은 뜻.

⊙ 참고

의에 나아가 나라 위해 죽으니,
만고의 그 절개 꽃 피어 새로우리.
다하지 못한 한은 남기지 말라,
그 충절 위로하는 사람 많으리라. - 만해기념관

5) 유선암사차매천운(留仙巖寺[1]次梅泉韻)

선암사에서 매천의 시에 각운자를 맞춰 짓다

半歲蕭蕭不滿心 반세소소 불만심 하니

마음에 차지 않는 쓸쓸한 반년을,

天涯零落獨相[2]尋 천애영락 독상심 이라

하늘 가에 초라한 신세로 홀로 찾아왔다네.

病餘華髮秋將薄 병여화발 추장박 하고

병을 앓고 난 반백 머리칼은 가을 따라 더 빠지고,

亂後黃花草復深 난후황화 초부심 이라

난리 후에 국화가 피고 풀도 더욱 무성하네.

** 만해선사는 37세(1915년) 때 선암사 등 영남과 호남지방 사찰을 순례하며 강연회를 열어 대중 교화에 나서 청중을 열광케 했었다.

1) 선암사(仙巖寺) : 전라남도 승주군 조계산(曹溪山)에 위치한 사찰. 신라 진평왕 3년(542)에 아도화상(阿度和尙)이 처음 창건하여 비로암(毘盧庵)이라 불렀다는 설이 있고, 또 신라 헌강왕 5년(875)에 도선국사(道詵國師)가 창건하여 선암사라 불렀다는 설이 있는데, 이 절 서쪽에 높이가 10여 장(丈)이나 되고 면(面)이 편평한 큰 바위가 있는데, 이 바위를 옛날 신선이 바둑을 두던 곳이라 하여 선암사라는 이름이 생겼다고도 한다.

2) 상(相) : 여기서는 조자(助字: 동사 접두어)로 쓰임.

講劫雲空聞逝水　강겁운공 문서수 하니

겁(劫) 동안 공부하여 구름 한 점 없고 흐르는 물소리 들리니,

聽經人去下仙禽[3]　청경인거 하선금 이라

경을 듣던 사람은 가고 학(鶴)이 내려오네

乾坤正當[4]風塵節　건곤정당 풍진절 하니

세상 천지가 풍진을 만난 이때,

肯數[5]西川[6]杜甫唫　긍수서천 두보음 고

어찌 감히 촉(蜀) 땅 살던 두보의 읊조림을 헤아리겠는가?

---

3) 선금(仙禽) : 선조(仙鳥). 불경에 나오는 사람의 머리를 한 상상의 새. 학(鶴)을 뜻함.

4) 정당(正當) : 바로 ~을 당(當)하여.

5) 긍수(肯數) : 어찌 감히 헤아리겠는가? 이 시에서는 반어형으로 쓰였다. '어찌 업하의 황수아 축에 끼일까 보냐?(肯數鄴下黃鬚兒)' - 왕유(王維) <늙어감을 읊음(老將行)>

6) 서천(西川) : 중국 사천성(四川省)의 서부 지방. 동천(東川)과 서천을 합쳐 양천(兩川)이라고 한다. 당나라의 시인 두보(杜甫)가 이곳 사천성 봉절현(奉節縣) 양수(瀼水)의 서쪽에서 피난살이를 끝내고 돌아가는 도중 잠시 살았다.

⊙ 원운시

서암도중양(西庵度重陽)[1)]

서암에서 중양절을 보내다

悲秋我亦楚人[2)]〔心〕 비추아역 초인심 하니

가을을 슬퍼함은 나 또한 초인의 마음인데,

古寺黃花不可〔尋〕 고사황화 불가심 이라

옛 절에는 노란 국화도 찾을 수가 없구나.

傲世白雲眠雪鹿 오세백운 면설록 하고

세상 깔보는 흰 구름 속엔 설록이 졸고,

照天紅樹下霜〔禽〕 조천홍수 하상금 이라

하늘에 비친 단풍 숲엔 상금이 내려앉네.

樊川[3)]携酒日初落 번천휴주 일초락 하고

---

1) 서암도중양(西庵度重陽) : 선암사(仙巖寺)의 대각암(大覺庵)이 서암(西庵)이고, 대승암(大乘庵)이 남암(南庵)이다. 《매천집(梅泉集)》 을미고(乙未稿), 2010.

2) 초인(楚人) : 춘추 시대 초나라의 악관(樂官)인 종의(鍾儀)가 진(晉)나라에 포로로 잡혀있을 때, 남관(南冠 : 남쪽 지방의 관)을 쓰고 초나라 음악을 연주하였다는 고사에서 전하여 남관은 포로, 죄수를 가리킨다. 타향에 붙잡혀 있으면서도 절개를 잃지 않는 수인(囚人)을 말한다.

3) 번천(樊川) : 만당(晩唐)의 시인 두목(杜牧)의 호. 두목의 〈구일제산등고(九日齊山登高)〉 시에 '강은 가을 그림자 머금고 기러기 처음 날 제,

두목이 술병 들고 오니 석양이 막 지는 때요,

賈島4)敲門山更〔深〕 가도고문 산갱심 이라

가도의 문 두드리니 산은 다시 깊숙해지네.

海內蕭蕭兄弟散 해내소소 형제산 한데

해내가 쓸쓸해라 형제들이 다 흩어졌으니,

登高幾處費沉〔唫〕 등고기처 비침음 고

몇 군데나 높은 산 올라 시를 읊조리는고?

손과 함께 술병 들고 산 중턱에 올랐네. 속세에선 담소 나눌 이를 만나기 어려우니, 모름지기 국화나 머리 가득 꽂고 돌아가리.(江涵秋影雁初飛, 與客携壺上翠微. 塵世難逢開口笑, 菊花須插滿頭歸.)'라고 하였다. -《번천시집(樊川詩集)》 권3

4) 가도(賈島) : 중당(中唐)의 시인으로 자는 낭선(浪仙). 애초에 승려가 되었다가 환속하여 장강주부(長江主簿)를 지내기도 하였는데, 일생을 가난하게 살았다. 퇴고(推敲)라는 말의 유래가 된 주인공이기도 하다. -《당시기사(唐詩紀事)》 권40

6) 옥중음(獄中唫)

감옥에서 읊다

-어느 날 이웃방과 통화하다가 간수에게 들켜 두 손을 2분 동안 가볍게 묶였다. 그래서 즉석에서 읊었다

(一日與隣房通話 爲看守窃聽 雙手被輕縛二分間 卽唫)

隴山鸚鵡能言語[1] 농산앵무 능언어 한데

농산의 앵무새는 말도 마음대로 할 수 있는데,

愧我不及彼鳥多 괴아불급 피조다 라

나는 저 새에게 미치지 못하니 몹시 부끄럽구나.

** 만해선사는 41세 되던 1919년[기미년(己未年)]에 33인의 일원으로 조선독립을 숙의하고 최남선이 작성한 독립선언서 자구 수정을 하고 공약 3장을 첨가하였다. 태화관에서 민족을 대표하여 독립선언 연설을 하고 체포 투옥되어 44세 되던 1922년 12월 22일 가출옥 될 때까지 서대문형무소에서 수형생활을 할 때 변호사·사식·보석을 거부할 것 등 3대 투쟁 원칙을 실천하고 온갖 회유를 거부하면서 시를 지었다. 이 시부터 옥중에서 지은 것이라 한다.

1) 농산앵무능언어(隴山鸚鵡能言語) : 농산(隴山)은 중국 섬서성에 있는 산 이름. 앵무는 말하는 새이므로 편지 내용을 전할 수 있는 능력이 있다는 뜻이다. '서쪽으로 윤대는 만 리도 넘으니, 고향 소식은 갈수록 멀어지네. 농산의 앵무새는 말을 할 줄 안다니, 나를 위해 집사람에게 자주 편지 부치라 일러주시오.(西向輪臺萬里餘, 也知鄕信日應疎. 隴山鸚鵡能言語, 爲報家人數寄書.)' - 잠참(岑參) 〈북정으로 가는 길에 농서지역으로 넘어가서 집을 생각하며(赴北庭度隴思家)〉

雄辯銀兮沈默金　웅변은혜 침묵금 이나

웅변은 은이요 침묵은 금이라지만,

此金買盡自由花　차금매진 자유화 라

이 금으로 자유의 꽃을 다 사고 싶구나.

7) 옥중감회(獄中感懷)

옥중 감회

一念但覺淨無塵[1] 일념단각 정무진 하니

다만 티끌 없는 청정함을 깨닫기를 생각하니,

鐵窓明月自生新 철창명월 자생신 이라

철창 너머로 밝은 달이 새로 돋아나네.

憂樂本空唯心[2]在 우락본공 유심재 하니

근심과 즐거움 본래 공한 것, 오직 마음에 달렸으니,

釋迦原來尋常人[3] 석가원래 심상인 이라

석가도 원래는 보통 사람이었다네.

---

1) 정무진(淨無塵) : 청정하여 잡념과 번뇌가 없음.

2) 유심(唯心) : 유일의 실재는 마음일 뿐이라는 견해. 그러나, 이 마음을 물질이나 객관과 대립하는 의미로 해석하면 본의에 어긋난다. 주관과 객관, 마음과 물질이 분리되기 이전의 상태를 마음이라 한 것이며, 거기에는 남과 나, 성인과 범인의 구분도 없음을 알아야 한다.

3) 석가원래심상인(釋迦原來尋常人) : 석가도 우리와 다름없는 평범한 사람이지만 진리를 깨달았기 때문에 부처가 되었다는 것이 불교의 주장이다.

8) 기학생(寄學生)

〔감옥에서〕 어느 학생에게 주다

瓦全[1]生爲恥　와전 생위치 하고

온전한 기왓장처럼 사는 것, 그 삶은 부끄럽고,

玉碎[2]死亦佳　옥쇄 사역가 라

옥이 부서지듯 죽는 것, 그 죽음으로 또한 아름답다네.

滿天斬荊棘　만천 참형극 하야

온 하늘 가린 가시나무를 베어내면,

長嘯月明多　장소 월명다 라

달빛은 더욱 밝아져 길게 휘파람 불게 되리라.

---

1) 와전(瓦全) : 기와로서 완전히 있음. 아무 하는 것 없이 겨우 신명(身命)만 보전함. 뜻 없는 생을 가리킨 것.

2) 옥쇄(玉碎) : 부서져 옥이 된다는 뜻. 공을 세우고 죽거나 충성을 다하고 깨끗이 죽음을 이르는 말. 와전의 반대 의미.

9) 추우(秋雨)

가을비

秋雨何蕭瑟　추우 하소슬 고

가을비 어찌 이리도 쓸쓸한가?

微寒空自驚　미한 공자경 이라

약간의 한기에도 괜스레 스스로 놀란다네.

有思如飛鶴　유사 여비학 하여

생각은 하늘을 나는 학이 되어,

隨雲入帝京　수운 입제경 이라

구름을 따라 옥황상제의 서울로 들어가 보았으면.

10) 추회(秋懷)

가을 느낌

十年報國劒全空[1] 십년보국 검전공 하고

10년 보국하던 칼끝도 모두 헛것이 되고,

只許一身在獄中 지허일신 재옥중 이라

겨우 이 한 몸 옥중에 있음만 허락될 뿐이라네.

捷使[2]不來蟲語急 첩사불래 충어급 한데

승전 소식 아니 오고 벌레 소리만 촉급하니,

數莖白髮又秋風 수경백발 우추풍 이라

몇 오라기 흰 머리칼에 또 가을바람만 부네.

---

1) 검전공(劒全空) : 칼을 들어 싸우는 일이 모두 헛되이 되었음.

2) 첩사(捷使) : 싸움에 이긴 것을 알리는 사자(使者).

11) 설야(雪夜)

눈 오는 밤

四山圍獄雪如海　사산위옥 설여해 하고

감옥을 에워싼 사방의 산에 내린 눈은 바다 같고,

衾寒如鐵夢如灰　금한여철 몽여회 라

이불은 차가워 쇠붙이 같고 꿈도 재처럼 식었다네.

鐵窓猶有鎖不得　철창유유 쇄부득 하니

쇠 철창으로도 오히려 묶어 둘 수 없는 것이 있으니,

夜聞鐘聲何處來　야문종성 하처래 오

한밤의 종소리는 어느 곳에서 들려오나?

12) 견앵화유감(見櫻花有感)

벚꽃을 보고

昨冬雪如花　작동 설여화 하니

지난 겨울 눈은 꽃과 같더니,

今春花如雪　금춘 화여설 이라

올봄의 꽃은 눈과 같구나.

雪花共非眞[1]　설화 공비진 하니

눈과 봄꽃이 모두 참이 아닌데,

如何心欲裂　여하 심욕렬 고

어찌하여 내 마음은 이리도 찢어지는지?

---

1) 설화공비진(雪花共非眞) : 일체의 것은 공(空)한 것이어서 참이 아니라는 것이 불교의 교리다.

13) 영안(咏雁) 이수(二首)

기러기를 노래한 2수

그 첫째

一雁秋聲遠 일안 추성원 하니

가을날 외기러기 울음소리 멀어지는데,

數星夜色多 수성 야색다 라

별 몇 개가 밤빛 속에 반짝이는구나.

燈深猶未宿 등심 유미숙 한데

등불 으슥해지나 잠은 오히려 안 오는데,

獄吏問歸家 옥리 문귀가 라

옥리는 집에 갈 일에 대하여 묻는구나.

그 둘째

天涯一雁叫 천애 일안규 하니

하늘 가에 외기러기 우니,

滿獄秋聲長 만옥 추성장 이라

감옥 안에 가을 소리 가득하구나.

道破[1]蘆月外 도파 노월외 한데

갈대와 달 그 밖에 무얼 더 말하리,

有何圓舌相[2] 유하 원설상 고

어떤 원설상이 있단 말인가?

---

1) 도파(道破) : 모자람 없이, 적중하게, 끝까지 다 말함. 상대편의 이론을 깨뜨려 말함.

2) 원설상(圓舌相) : 극락세계. 진리를 원만하고 모자람 없이 말하는 부처님의 특징. 자연의 미를 말하는 것이 곧 진리니, 그 밖에 따로 진리가 없다는 뜻. 불교 경전에 따라 광장설(廣長舌), 대설상(大舌相)이라고도 하는 부처님 혀의 특징은 넓고 길어 내밀면 이마 부분까지 닿을 정도라 하였다.

14) 병감후원(病監後園)

감옥의 병상에서

談禪人亦俗 담선 인역속 이나

선을 말하는 사람 또한 속되지만,

結網[1]我何僧 결망 아하승 고

인연을 지어대는 내가 무슨 중이랴?

最憐黃葉落 최련 황엽락 하니

가장 안타까운 것은 낙엽 지는 일이니,

繫秋原無繩 계추 원무승 이라

가을을 묶어 놓고자 하나 원래 그렇게 할 포승줄이 없구나.

1) 결망(結網) : '그물을 뜬다'는 것은 인연을 자꾸 만들어간다는 의미. 승려는 인연을 끊고 초월해야 하는데도 불구하고 그렇게 하지 못함을 함축한 말이다.

15) 침성(砧聲)

〔감옥에서 듣는〕 다듬이 소리

何處砧聲至 하처 침성지 오

어디서 들려오는 다듬이 소린고?

滿獄自生寒 만옥 자생한 이라

감옥엔 저절로 한기가 생겨나네.

莫道天衣[1]煖 막도 천의난 하라

천의가 따뜻하다 말하지 말라,

孰如[2]徹骨寒 숙여 철골한 고

어느 것이 이보다 뼈에 사무치게 시릴까?

** 이 시의 운(韻)은 한(寒)을 두 번 쓰고 있어서 한시의 일반적인 규칙을 무시하고 있으나 '몰운(沒韻)'이라고 하여 아주 드물지만 이렇게 쓰는 경우가 없지는 않다. 그러나, 불경의 게(偈)-게송(偈頌), 외우기 쉽게 게구(偈句: 네 구를 한 게로 하고 5자나 7자를 한 구로 함)로 부처의 공덕을 찬미하는 노래에도 이렇게 몰운을 사용하는 경우가 있다.

1) 천의(天衣) : 하늘나라 사람의 옷. 천자(天子)의 옷, 선인(仙人)의 옷, 비천(飛天 : 신선이나 선녀)의 옷 중 어느 것을 택해도 무방하겠지만 일제 치하라는 배경을 감안하여 '천자의 옷'으로 해석해보면 천자는 천황의 다른 말이 된다. 천의가 제아무리 따뜻하다고 한들 그것은 '도'가 아니며, 나는 지금 뼛속까지 냉기를 느끼고 있을 뿐이라며 일제의 침탈을 은근히 비판하고 있다.

2) 숙여(孰如) : 어느 쪽인가. 둘을 비교하여 묻는 말. 숙약(孰若).

16) 영등영(咏燈影)

등불 그림자를 읊다

夜冷窓如水 야랭 창여수 하니

썰렁한 밤 창문은 강물과 같아서,

臥看第二燈 와간 제이등 이라

누워서 두 번째 등불 그림자를 본다네.

雙光不到處[1] 쌍광 부도처 에

두 눈으로도 미치지 못한 곳에,

依舊愧禪僧 의구 괴선승 이라

아직까지 선승이라는 부끄러움이 여전하네.

---

1) 쌍광부도처(雙光不到處) : 쌍광(雙光)은 두 눈. 그림자이기에 확실히 보이지 않으므로 하는 말.

17) 증별(贈別)[1)]

이별에 전하는 시

天下逢未易　천하 봉미이 하니

세상에 만남이란 쉽지 않은데,

獄中別亦奇　옥중 별역기 라

옥중의 이별이라 또한 기이하구나.

舊盟[2)]猶未冷　구맹 유미랭 하니

옛 맹세는 아직 식지 않았으니,

莫負黃花期[3)]　막부 황화기 라

국화 필 때 한 약속 저버리지 말게나.

** 이상은 옥중(마포형무소)에서 지은 시이다.

1) 증별(贈別) : 친한 사이에 정표(情表 : 우정의 표시)로 시를 지어 건네며 떠나보냄. 이 시에서는 먼저 출옥하는 사람(동지)에게 정표로 써서 건네준 시.

2) 구맹(舊盟) : 옛 맹세. 국화를 보며 즐기겠다는 약속. 국화 피면 만나보자는 약속.

3) 황화기(黃花期) : 국화와의 기약. 누가 먼저 나갔는가와 상관없이 국화 필 때 만나보자는 약속.

18) 무제 1(無題[1] 一) 팔수(八首)

무제 1 8수

그 첫째

愁來厭夜靜 수래 염야정 하고

시름 몰려오니 밤의 고요함이 싫고,

酒盡怯寒生 주진 겁한생 이라

술이 다하니 한기 올까 겁이 난다네.

千里懷人急[2] 천리 회인급 하나

천 리 밖 그 사람 너무 그리워하나,

心隨未到情 심수 미도정 이라

마음을 따라 정은 따라가지 못하네.

---

1) 무제(無題) : 흔히 시나 예술작품에 일정한 제목이 없다는 뜻으로 제목 대신 쓰는 말.

2) 급(急) : 여기서는 절실함.

그 둘째

桑楡[3]髮已短　상유 발이단 하나

늙어지니 머리칼도 이미 짧아졌으나,

葵藿[4]心猶長　규곽 심유장 이라

해바라기처럼 마음은 오히려 한결같도다.

山家雪未消　산가 설미소 나

산속 집에는 아직 눈이 덜 녹았으나,

梅發春宵香　매발 춘소향 이라

매화가 피어 봄밤이 향기롭네.

---

3) 상유(桑楡) : 뽕나무와 느릅나무. 여기서는 밤에 해가 지는 곳, 석양이 걸리는 곳, 일모(日暮 : 저녁), 늙었다는 뜻. 해가 서쪽으로 가면 큰 뽕나무에 묶어 둔다는 전설이 있음.

4) 규곽(葵藿) : 해바라기와 콩잎. 여기서는 해바라기를 의미함.

그 셋째

雲斷[5]詩成韻　운단 시성운 하고

구름 끊어진 데서 시는 운을 이루고,

雪來酒動香　설래 주동향 이라

눈이 오니 술은 향기를 풍기네.

縱步[6]思千古　종보 사천고 하니

활보하며 옛날을 생각해 보니,

青天明月長　청천 명월장 이라

푸른 하늘에 밝은 달이 길게 비쳤지!

---

5) 운단(雲斷) : 여기서 구름은 친구를 상징함.

6) 종보(縱步) : 마음껏 걸어 다님. 멋대로 걸음. 앞으로 훌쩍 뛰는 걸음. 앞으로의 도약.

그 넷째

地瘠[7]雲生細　지척 운생세 하고

땅이 척박하니 구름이 가늘게 피어나고,

家貧梅發遲　가빈 매발지 라

집이 가난하니 매화도 더디 핀다네.

幽人[8]心似鹿　유인 심사록 하니

숨어 사는 사람은 마음이 사슴 같으니,

鷄犬每相隨　계견 매상수 라

닭과 개도 늘 함께 따른다네.

---

7) 지척(地瘠) : 땅이 비옥하지 않음. 실록 등의 역사서나 읍지 등에 '땅이 척박하고 백성들은 가난하다'는 뜻의 지척민빈(地瘠民貧)이란 말이 자주 쓰인다.

8) 유인(幽人) : Ⅱ. 16) -4) 참조.

그 다섯째

岸竹立千玉[9] 안죽 입천옥 하고

벼랑 끝 대나무 숲은 수천 덩이 옥을 묶어 세운 듯하고,

磵雲[10]臥一衣 간운 와일의 라

바위틈 구름은 흰옷 한 벌 누인 듯하네.

他山雪意重 타산 설의중 한데

저 먼 산에는 눈 올 조짐 짙은데,

時見寒鴉飛 시견 한아비 라

때때로 갈까마귀 나는 모습 보이네.

9) 입천옥(立千玉) : 대숲에 내린 눈빛의 형용.

10) 간운(磵雲) : 험한 바위틈 사이로 흐르는 물 위에 서린 구름. 간(磵)은 간(澗)과 통함.

그 여섯째

流水英雄淚　유수 영웅루 요

흐르는 물은 영웅의 눈물이요,

落花才子愁　낙화 재자수 라

떨어지는 꽃은 재사(才士)의 시름이라.

莫道靑山好　막도 청산호 하라

청산이 좋다고 말하지 말라,

溪林半髑髏[11]　계림 반촉루 라

계곡의 숲에는 반 넘어 해골바가지 늘어졌다네.

---

11) 촉루(髑髏) : 살이 전부 썩은 죽은 사람의 머리뼈. 두개골, 해골을 말한다.

그 일곱째

溪響每因石　계향 매인석 하고

시냇물 소리는 언제나 돌에 부딪치기 때문이고,

月陰半借雲　월음 반차운 이라

달빛이 어둑한 건 반 넘어 구름에 가린 탓이라.

思君心獨往　사군 심독왕 하야

그대 그리는 마음만이 유독 달려가기만 하여,

抵歲不相分　저세 불상분 이라

한 해가 다 가도록 서로 나눠질 않는다네.

그 여덟째

鶴守梅花月　학수 매화월 하고

학은 달빛에 어린 매화를 지키고,

玉流松柏風　옥류 송백풍 이라

옥 같은 물에는 송백 같은 바람이 인다.

堪憐心學竹[12]　감련 심학죽 하니

가련하구나! 마음으로 대나무를 배우렸더니,

得眞失之空[13]　득진 실지공 이라

참됨을 얻으려다 잃은 것은 공(空)이로다.

---

12) 심학죽(心學竹) : 대나무의 속이 비어 있음을 배운다는 것.

13) 득진실지공(得眞失之空) : '자연계에서 참된 것을 체험해도 공(空) 속에 잃는다'는 것이 문자대로의 의미. '실지공(失之空)'은 말하고자 해도 도리어 말을 잊는다는 뜻으로 보인다. 《한용운전집》에 도연명(陶淵明)의 <음주(飮酒)> 시 20수 중 제5수에 나오는 '여기에 자연의 참다운 뜻이 있으니, 말로써 표현하려 하나 이미 할 말을 잊었노라.(此間有眞意, 欲辯已忘言.)'라는 구절과 같은 뜻으로도 보인다.

19) 무제 2(無題 二) 이수(二首)

무제 2 2수

그 첫째

日覺甚寒不出扉 일각심한 불출비 하니

날로 심해지는 추위에 사립 밖을 안 나갔더니,

報言[1]澗石玉爲肥[2] 보언간석 옥위비 라

시냇가 돌들은 옥처럼 살쪘다 전해오네.

空中無路鳥何去 공중무로 조하거 오

허공 중엔 길도 없는데 새는 어디로 갔는지?

山裡有家雲未歸 산리유가 운미귀 라

산속 집으로 구름은 아직 돌아오지 않았다네.

勒酒消愁計已拙 늑주소수 계이졸 하고

억지로 술 마셔 시름을 사르려던 그 계책도 졸렬하고,

强眼[3]做夢術且違 강안주몽 술차위 라

억지로 눈 감고 꿈을 꾸려던 그 술책 또한 어긋났다네.

---

1) 보언(報言) : 알려 말하되. 남이 알려준 말을 인용하는 말.

2) 옥위비(玉爲肥) : 눈이 돌에 내려 구슬이 살찐 것 같음.

3) 강안(强眼) : 억지로 자는 것.

一天風雪美人遠　일천풍설 미인원 하고

같은 하늘 아래 눈바람에 미인은 멀리 가고,

華髮滿頭負夕暉　화발만두 부석휘 라

반백 가득한 머리로 석양 지고 섰구나.

그 둘째

名劍磨前快　명검 마전쾌 하고

명검은 갈기 전에도 날카롭고,

好花落後香　호화 낙후향 이라

좋은 꽃은 진 뒤에도 향기롭다네.

可憐天上月　가련 천상월 하니

어여빠라 하늘의 저 달,

獨照片心長　독조 편심장 이라

홀로 한 조각 내 마음을 길이 비치네.

V.

심우尋牛

스님으로서 구도를 위한 몸부림과, 그 깨달음을 체득하는 과정에서 느끼는 인간적인 갈등과, 도반 –영호(映湖), 유운(乳雲)화상 등–과의 교유 내용을 담았다.

1) 증영호화상술미상견(贈映湖和尙[1]述未嘗見)

영호화상께 뵙지 못한 마음을 풀어내다

玉女彈琴楊柳屋　옥녀탄금 양류옥 에

버드나무 집에 선녀 거문고 줄 튕기는 소리,

鳳凰起舞下神仙　봉황기무 하신선 이라

봉황새가 춤을 추고 신선이 내려오네.

---

1) 영호화상(映湖和尙) : 박한영(朴漢永, 1870~1948) 스님. 법호 영호(映湖), 법명 정호(鼎鎬), 시호(詩號) 석전(石顚, 石顚山人). 19세 때 위봉사(威鳳寺)의 금산화상(錦山和尙)의 법제자가 되어 법호를 정호(鼎鎬)라 하였다. 21세에 백양사 운문암의 김환응(金幻應) 스님에게 4교(능엄경 · 기신론 · 금강반야경 · 원각경)를 사사하고, 23세에 선암사 김지운(金擎雲) 스님에게 대교(大敎 : 화엄경, 염송, 전등록)를 배운 뒤 26세에 구암사 설유처명(雪乳處明) 스님의 법을 이어 당호를 영호(暎湖)라 하였다. 1896년 구암사에서 개강한 뒤 해인사 · 법주사 · 백양사 · 화엄사 · 범어사 등지에서 불경을 강의하였다. 1908년 쇠퇴한 불교를 혁신하려는 뜻을 품고 교단(敎團)의 유신에 힘을 기울였으며, 선교일치, 불교혁신, 포교 현대화, 불법 강론과 후학 양성에 힘썼다. 1911년 해인사 주지 이회광(李晦光)이 일본 조동종(曹洞宗)과 우리나라 불교와의 연합을 꾀했을 때 한용운(韓龍雲) · 성월(惺月) · 진응(震應) · 금봉(錦峰) 등과 함께 임제종(臨濟宗)의 전통론을 내세워 연합조약을 무효화시켰다. 저서 《석전시초(石顚詩鈔)》 · 《석림수필(石林隨筆)》 · 《석림초(石林抄)》 - 《석전영호 대종사의 생애와 사상》, 선운사, 2009, 9.20.에서 발췌

竹外短墻人不見　죽외단장 인불견 하고

대숲 밖 낮은 담장 너머 사람은 보이지 않고,

鬲2)窓秋思杳如年　격창추사 묘여년 이라

창 너머 가을 상념은 여느 해처럼 아득하다네.

---

2) 격(鬲) : 격(隔)과 같음.

2) 석왕사봉영호유운양화상작(釋王寺[1]逢映湖乳雲[2]兩和尙作) 이수(二首)

석왕사에서 영호, 유운 두 화상을 만나 지은 2수

그 첫째

半歲蒼黃[3]勢欲分　반세창황 세욕분 하니

허둥지둥 반년이 흘러 나라의 형세는 날로 기우는데,

憐吾無用集如雲　연오무용 집여운 이라

가련하다 우린 하릴없이 구름처럼 모였다네.

一宵灯火喜相見　일소정화 희상견 이나

등불 아래 하룻밤 서로 보니 반가우나,

---

1) 석왕사(釋王寺) : 함경남도 안변군 설봉산(雪峯山)에 있는 절. 31본산 제도가 실시되던 일제강점기에는 그중에 하나였다. 조선 태조 이성계(李成桂)가 나라를 세우기 전에 무학대사(無學大師)의 해몽을 듣고 왕이 될 것을 기도하기 위해 지었다고 전해진다.

2) 유운(乳雲) : 유운 주연(乳雲 周演)화상. 부산광역시 금정산 범어사의 선승으로 추정됨.

3) 창황(蒼黃) : 사물의 변화가 무상함을 이르는 말이다. '푸른색으로 물들이면 푸르게 되고, 노란색으로 물들이면 노랗게 되니, 들어가는 곳의 변화에 따라 그 색 또한 변하는구나.(染於蒼則蒼, 染於黃則黃, 所入者變, 其色亦變.)' -《묵자(墨子)》 권1 소염(所染)

千古興亡不願聞　천고흥망 불원문 이라

천고의 흥망성쇠는 듣고 싶지 않다네.

夜樓禪盡收人氣　야루선진 수인기 하니

밤 누각에서 좌선을 마쳐 인기척 거둬들이니,

異域詩來送雁群[4]　이역시래 송안군 이라

이역 땅에서 시가 왔는데 기러기 떼를 보냈다네.

疎慵惟識昇平好　소용유식 승평호 하니

등한하고 게을러도 나라 태평 좋은 것은 알아서,

禮拜金仙[5]祝聖君　예배금선 축성군 이라

부처님 전 예배 올려 나라님의 복을 빈다네.

---

4) 송안군(送雁群) : 편지를 보냈다는 뜻.

5) 금선(金仙) : 부처님을 일컬음. 부처님의 몸이 금빛이므로 금빛 신선이라고 말한다.

그 둘째

知己世爲天下功　지기세위 천하공 이니

자신을 알아주는 사람이 있다는 것이 천하에서 으뜸 공이 되니,

片言直至肝膽中　편언직지 간담중 이라

한마디 말도 곧장 마음속으로 들어온다네.

演說英雄消永夜　연설영웅 소영야 하고

영웅들 긴 이야기로 기나긴 밤을 새우고,

更論文句到淸風　갱론문구 도청풍 이라

다시 문장을 논하는데 맑은 바람에 이르네.

征雁楓橋如夢遠　정안풍교 여몽원 이나

멀리 나는 기러기 떼 풍교에서 꿈길처럼 멀어지나,

孤燈水屋感詩紅　고등수옥 감시홍 이라

물가 집의 외로운 등불에 시가 붉게 물듦에 감탄하네.

幸敎烟月時時好　행교연월 시시호 하여

요행히 태평연월 때때로 좋게 할 수 있어,

談笑同歸白髮翁　담소동귀 백발옹 이라

웃고 이야기 나누며 함께 백발옹이 되었으면.

3) 여영호화상 방유운화상 승야동귀(與映湖和尙 訪乳雲和尙 乘夜同歸)

영호화상과 함께 유운화상에게 갔다가 밤에 같이 돌아오다

相見甚相愛　상견 심상애 하야

마주하니 서로 아주 마음이 맞아,

無端到夜來　무단 도야래 라

불현듯 날 저문 밤에도 찾았다네.

等閑雪裡語　등한 설리어 도

눈 속에 무심히 주고받은 말도,

如水照靈臺[1]　여수 조영대 라

물과 같이 내 마음을 비추었다네.

---

1) 영대(靈臺) : 사람 마음의 본체를 빗댄 말이다. 《장자(莊子)》 〈경상초(庚桑楚)〉의 영대(靈臺)를 곽상(郭象)의 주에서 '영대는 마음이다.'라고 풀이하고 있다.

4) 차영호화상(次映湖和尙) 이수(二首)

영호화상의 시에 차운한 2수

그 첫째

詩酒人多病　시주 인다병 하니

시와 술 일삼아 병이 많은 이 몸,

文章客亦老　문장 객역로 라

문장을 벗하던 그대 또한 늙어가네.

風雪來書字[1]　풍설 내서자 하니

눈보라 치는 날에 편지를 받으니,

兩情亂不少　양정 난불소 라

주고받는 정에 뭉클함이 적지 않다네.

---

1) 서자(書字): 보통은 글자, 글씨의 뜻으로 많이 쓰인다. 여기서는 '편지', '글'의 의미로 쓴 듯하다.

그 둘째

鐘後千林雪後天　종후천림 설후천 한데

　종소리 그친 후 온 숲이 눈 쌓인 세상인데,

鄕情詩思自相先　향정시사 자상선 이라

　고향 생각과 시상이 앞다투어 일어나네.

侵歲梅花[2]初入夢　침세매화 초입몽 하고

　새해 들어 핀 매화 처음으로 꿈에 들어오고,

故人書字卽爲禪　고인서자 즉위선 이라

　그대가 쓴 편지는 바로 삼매(禪)가 되더군.

佛界香深如宿世[3]　불계향심 여숙세 하고

　불교계 안에 향이 짙으니 전생인 듯하고,

經案[4]晝靜欲生蓮[5]　경안주정 욕생련 이라

　한낮 고요한 경안 머리에서 연꽃이 피려 하네.

此中有景可同賞　차중유경 가동상 이니

　이 가운데 좋은 경치 함께 즐길 만하나니,

---

2) 침세매화(侵歲梅花) : 새해 들어 핀 매화.

3) 숙세(宿世) : 과거세(過去世). 전생(前生)을 뜻한다.

4) 경안(經案) : 승려들이 불경을 얹어놓고 읽는 책상.

5) 생련(生蓮) : 득도(得道)의 경지.

敬弔[6]先生不及緣　경조선생 불급연 이라

선생과 인연 닿지 못함이 참으로 마음 아프네.

---

6) 경조(敬弔) : 삼가 죽은 이를 조상함. 경(敬)은 여기서 '정중하다', '삼가다'의 뜻.

5) 차영호화상향적운(次映湖和尙香積韻)

영호화상의 향적봉(香積峯)[1] 시에 차운하다

萬木森凉[2]孤月明　만목삼량 고월명 하니

숲속 모든 나무 서늘한데 외로운 달만 밝아,

碧雲層雪夜生溟　벽운층설 야생명 이라

푸른 구름 층층이 쌓인 눈은 밤바다 같구나.

十萬株玉[3]收不得　십만주옥 수부득 하여

가지마다 열린 구슬들 거둘 수 없어,

不知是鬼是丹靑　부지시귀 시단청 이라

이것이 귀신의 조화인지 아름다운 그림인지 알지 못하겠네.

---

1) 향적봉(香積峯) : 전라북도 무주군 설천면에 있는 덕유산의 최고봉이다.
2) 삼량(森凉) : 나무가 우거져 썰렁한 모양.
3) 십만주옥(十萬株玉) : 나무마다 눈이 쌓인 모양을 구슬에 비유한 것.

6) 여영호유운양백야음(與映湖乳雲兩伯[1]夜唫) 이수(二首)

영호, 유운 두 선사와 밤에 읊은 2수

그 첫째

落拓[2]吾人皆古情 낙탁오인 개고정 하니

불우한 내 벗들 모두 오래 정든 이들인데,

山房夜闌小遊清 산방야란 소유청 이라

한밤 산방에 밤 깊도록 조촐한 노닒이 맑구나.

紅燭無言灰已冷 홍촉무언 회이랭 하니

타는 촛불 말이 없고 화롯재는 이미 식었으니,

詩愁[3]如夢隔鐘聲 시수여몽 격종성 이라

시 짓는 마음 꿈만 같은데 멀리서 들리는 종소리.

---

1) 백(伯) : 시문에 조예가 깊은 사람을 뜻하는 사백(詞伯)이 원래 의미이지만, 이 시에서는 선사를 부르는 선백(禪伯)의 뜻으로 쓰였다.

2) 낙탁(落拓) : 불우(不遇)한 환경에 처함. 뜻을 얻지 못하고 불우하고 곤궁함을 이르는 말. 낙백(落魄)과 같음.

3) 시수(詩愁) : 시에서 느끼는 서글픔이나 시름.

그 둘째

中宵文氣通虹橋　중소문기 통홍교 하니
한밤중 문장 기운이 무지개다리를 통하니,
筆下成詩猶敢驕　필하성시 유감교 라
붓끝에 쓰여진 시는 자못 교만한 듯하구나.
只許三春[4]如一日　지허삼춘 여일일 이면
다만 삼춘이 하루같이 되기를 허락한다면,
別區烟月[5]復招招[6]　별구연월 부초초 라
별천지 속으로 다시 손짓하여 부르리라.

---

4) 삼춘(三春) : Ⅲ. 2) -3) 참조.

5) 별구연월(別區烟月) : 딴 세상 같은 아름다운 자연.

6) 초초(招招) : 손짓하여 부르는 모양. '소리쳐 뱃사공 부르니, 남은 건너도 나는 안 갔다네. 남들 가도 나는 안 가는데, 나는 내 벗을 기다린다네.(招招舟子, 人涉卬否. 人涉卬否. 卬須我友.)' -《시경(詩經)》패풍(邶風) 포유고엽(匏有苦葉). 그 주에 손으로 부르는 것을 초(招), 입으로 부르는 것을 소(召)라고 했다.

7) 여영호금봉양백작(與映湖錦峰[1]兩伯作) - 재종무원(在宗務院)

영호, 금봉 두 선사와 짓다 - 종무원에서

昔年事事不勝疎　석년사사 불승소 하니

지난해는 일마다 듬성듬성하였더니,

萬劫寥寥一夢餘　만겁요요 일몽여 라

만겁토록 적막함도 한바탕 꿈이라네.

不見江南春色早　불견강남 춘색조 하니

강남의 이른 봄빛 보려고도 않은 채,

城東[2]風雪臥看書　성동풍설 와간서 라

성 동쪽의 나그네는 눈바람 속에 누워 책을 보노라.

---

1) 금봉(錦峰) : 박금봉(朴錦峰) 스님. 율종(律宗)인 대은율사(大隱律師)의 맥을 이어 한국 불교사의 3대 강백(講伯)으로 추앙받았다. 덕숭산 수덕사의 선승으로, 해인사에서 타계하였다.

2) 성동(城東) : 성동객(城東客) '성 동쪽 나그네'는 소외된 사람, 혹은 은둔지사의 뉘앙스를 풍기는데, 고사(故事)는 자세하지 않다. 명나라 이동양(李東陽)의 〈포암의 우탑시를 보고 문득 차운함(得匏菴雨篛詩輒次韻)〉 시에 '이제부터 편안히 성 동쪽 나그네 되면, 비 삿갓 안개 도롱이 쓰지 않으리.(從今穩作城東客, 雨笠煙簑不用將.)'라는 구절이 있다.

8) 경성봉영호금봉양백동음(京城逢映湖錦峰兩伯同唫) 이수(二首)

서울에서 영호, 금봉 두 선사와 만나 함께 읊은 2수

그 첫째

蕭蕭短髮入紅塵　소소단발 입홍진 하니
듬성듬성 짧은 머리카락으로 세상 속에 들어오니,
感覺浮生日日新　감각부생 일일신 이라
인생의 덧없음이 날마다 새롭구나.
雪後千山皆入夢　설후천산 개입몽 하니
눈 내린 뒤 온 산은 모두 꿈속을 찾아드니,
回頭漫說[1]六朝人[2]　회두만설 육조인 이라
고개 들고 부질없이 육조 사람을 이야기〔淸淡〕하네.

---

1) 만설(漫說) : 깊은 생각 없이 함부로 이야기함. 흩어져 전해오는 이야기.
2) 육조인(六朝人) : Ⅰ. 11) - 2) 참조.

그 둘째

詩欲疎涼酒欲驕　시욕소량 주욕교 하니

시(詩) 판은 성글고 식어지나 술기운은 높아져 가려는데,

英雄一夜盡樵蕘[3)]　영웅일야 진초요 라

하룻밤 새에 영웅은 다 무덤에 묻히고 말았다네.

只恐湖月無何處　지공호월 무하처 하니

다만 호수에 비친 달이 갈 곳이 없을까 걱정되니,

一夢青山入寂寥[4)]　일몽청산 입적요 라

한바탕 청산을 꿈꾸지만 적막한 곳으로 돌아갔다네.

---

3) 초요(樵蕘) : 나라가 망하자 명사들이 산야에 묻히게 되었다는 뜻.

4) 일몽청산입적요(一夢青山入寂寥) : 자연의 아름다움은 그것을 노래하는 시인이 있어야 더욱 아름다운 것인데, 시인들이 모두 죽어 무덤이 되었으니 산천이 적막해졌다는 뜻이다. 북송의 마존(馬存)이 이백을 노래한 <연사정(燕思亭)> 시에 '이백이 고래를 타고 하늘로 날아 올라가니, 강남땅 풍월이 한가한 지 여러 해가 되었다.(李白騎鯨飛上天, 江南風月閑多年.)'에서 시상을 따온 것이다.

9) 자경귀오세암증박한영(自京歸五歲庵[1]贈朴漢永[2])

서울에서 오세암으로 돌아와 박한영에게 보내다

一天明月君何在 일천명월 군하재 오

온 하늘에 달은 밝은데 그대는 어디에 계신고?

滿地丹楓我獨來 만지단풍 아독래 라

단풍 가득한 여기 나 혼자 왔다네.

明月丹楓共相忘 명월단풍 공상망 하니

밝은 달과 단풍을 모두 잊기는 해도,

唯有我心共徘徊 유유아심 공배회 라

내 마음 오직 그대와 함께 배회하고 있다오.

---

1) 오세암(五歲庵) : 강원도 인제군 북면 설악산 만경대(萬景臺)에 있는 삼국시대 신라의 제27대 선덕여왕 당시(643년) 창건한 암자. 다섯 살 된 아이가 폭설 속에서 관세음보살의 도움으로 살아남았다는 전설이 있어서 원래 암자 이름이었던 '관음암'이 '오세암'으로 바뀌었다. 수선 도량(修禪道場)인 동시에 유명한 기도 도량으로 손꼽힌다. 아늑한 느낌으로는 설악산 내 사찰 중에서 제일이며, 많은 고승이 주석했던 곳이기도 하다. 김시습(金時習)이 승려가 된 뒤 머물렀던 곳이고, 만해 선사가 출가하여 머물기도 하면서 오도(悟道)한 곳이다.

2) 박한영(朴漢永) : V. 1) - 1) 참조.

10) 별완호학사(別玩豪學士[1])

완호학사와 헤어지다

萍水[2]蕭蕭不禁別 평수소소 불금별 한데

우연히 만났다 헤어지는 이별의 쓸쓸함을 금할 수 없는데,

送君今日又黃花[3] 송군금일 우황화 라

그대를 보내는 오늘 또 황국이 피었다네.

依舊驛亭惆悵[4]在 의구역정 추창재 한데

옛날과 같은 역사에는 슬픔만 남았는데,

天涯秋聲自相[5]多 천애추성 자상다 라

저 먼 하늘가에는 가을 소리만 저절로 쏟아지겠네.

---

1) 완호학사(玩豪學士) : 미상. 조선불교청년회원 중 한 사람으로 추정함.

2) 평수(萍水) : 부평초가 뜬 물. 해후(邂逅). 타향에서 우연히 만남을 비유. '부평초와 물이 서로 만났으니, 이 잔치가 끝나면 뿔뿔이 헤어질 타향 손님들이다.(萍水相逢, 盡是他鄉之客.)' - 왕발(王勃) <등왕각서(滕王閣序)>

3) 황화(黃花) : 국화(菊花)를 가리킨다. 중양절을 황화절(黃花節), 또는 취화절(吹花節)이라 한다.

4) 추창(惆悵) : 근심하고 슬퍼하는 모습.

5) 상(相) : '많아진다'는 뜻을 지닌 '다(多)'자의 접두어로 여기서는 의미 없이 쓰임.

11) 유운화상병와심민 우첨향수(乳雲和尙病臥甚悶 又添鄕愁)

유운화상이 병들어 누워 매우 괴로워하고, 또 향수까지 더하여

古人[1]今臥病　고인 금와병 하니

친구는 이제 병들어 누웠으니,

春雁又無書　춘안 우무서 라

봄 기러기 편에 편지 또한 없어라.

此愁何萬斛[2]　차수 하만곡 고

이 시름 어찌 이리도 많은가?

燈下千鬢疎[3]　등하 천빈소 라

등불 아래 귀밑머리털들만 성글어지네.

---

1) 고인(古人) : 오래된 친구를 뜻하는 고인(故人)과 같다.

2) 곡(斛) : 중국 도량형의 단위. 대개 열 말의 용량을 뜻하는 석(石)과 같이 본다. 십두왈곡(十斗曰斛) - 《의례(儀禮)》

3) 천빈소(千鬢疎) : 귀밑머리가 성기어 간다는 것은 늙는다는 뜻이다.

12) 양진암임발 증학명선백(養眞庵臨發 贈鶴鳴禪伯[1]) 이수(二首)

양진암을 떠나면서 학명선사께 드림 2수

그 첫째

世外天堂少 세외 천당소 하고

세상 밖 천당은 드물고,

人間地獄多 인간 지옥다 라

인간 세상은 지옥이 많도다.

佇立竿頭勢 저립 간두세 로

백척간두에 우두커니 선 기세로,

1) 학명선백(鶴鳴禪伯) : 학명계종(鶴鳴啓宗, 1867~1929). 근대 한국 조계종 승려이자 개혁자, 시인, 화가. 속성은 백씨이며, 법명은 계종(啓宗), 자호는 백농(白農), 법호가 학명(鶴鳴)이다. 중국과 일본 불교계를 시찰한 뒤 한국 불교 개혁의 필요성을 절감하여 '농사를 통해 선지(禪旨)를 깨닫자.'라는 선농일치를 펼쳤다. 1923년 만해선사가 월명암 근처에 있는 양진암에 머물다 떠나면서 학명선사에게 '이제 그만 세간에 나오셔서 중생을 제도하시라'는 의미의 시를 드렸고, 학명선사는 이틀 밤낮을 주장자를 짚고 선원 뜨락에 서서 고민하였다고 한다. 유문을 모은 《학명집》이 있다. (참고 : 스님행장 학명계종선사)

不進一步何[2] 부진 일보하 오

어찌 한 걸음 더 내딛지 못하는가?

---

2) 부진일보하(不進一步何) : 한 걸음을 더 내딛지 않는 것은 어쩐 일인가? '매우 위태롭고 어려운 지경에서 한 단계 더 발전한다.'는 뜻의 선어(禪語) '백척간두진일보(百尺竿頭進一步)'를 쓴 것이다. 인간의 노력으로 갈 수 있는 궁극의 경지를 상징한 말이며, 큰 용기가 필요하다고 한 말이다. '백 길 길이의 장대 위에서 흔들림 없는 사람은 비록 깨달음에 분명 들어선 것이기는 하나 완전히 벗어난 것은 아니니, 그 자리에서 마침내 더 나아갈 때 세상에 존재하는 모든 것들을 있는 그대로 볼 수 있을 것이다.(百丈竿頭不動人, 雖然得入未爲眞, 百丈竿頭須進步, 十方世界是全身.)' - 《전등록(傳燈錄)》 초현대사(招賢大師) 게(偈)

그 둘째

臨事多艱劇 임사 다간극 하고

일이 닥치면 어려움이 너무 많고,

逢人足別離[3] 봉인 족별리 라

사람을 만나면 반드시 헤어져야 하는 것이라.

世道固如此 세도 고여차 하니

세상 이치가 본래 이와 같으니,

男兒任所之[4] 남아 임소지 라

남아라면 가는 대로 맡길 것이니라.

---

3) 족별리(足別離) : 이별이 충분히 있음. 반드시 이별하게 되어있다는 뜻. 사고(四苦 : 애별리고愛別離苦, 구부득고求不得苦, 원증회고怨憎會苦, 오온성고五蘊盛苦) 중의 하나.

4) 임소지(任所之) : 가는 곳에 맡김. 마음 내키는 대로 행동해 구속받지 않는 것.

13) 여금봉백야음(與錦峰伯夜唫)

금봉선사와 밤에 읊다

詩酒相逢天一方[1] 시주상봉 천일방 하니

시와 술을 가지고 하늘 한 모퉁이에서 만나니,

蕭蕭夜色思何長 소소야색 사하장 고

쓸쓸하고 쓸쓸한 밤중에 생각 어찌 이렇게 길어지는가?

黃花明月若無夢 황화명월 약무몽 하고

국화와 밝은 달에 만약 꿈꿀 틈도 없다면,

古寺荒秋亦故鄕 고사황추 역고향 이라

이 오래된 절간에 쓸쓸한 가을이 또한 고향처럼 되겠구나.

---

1) 천일방(天一方) : 아주 먼 곳. 먼 타향.

14) 구암사여송청암형제공음(龜巖寺與宋淸巖[1]兄弟共唫)

구암사에서 송청암 형제와 함께 읊다

遠客空山秋日斜　원객공산 추일사 하니

먼 길 온 나그네 빈 산에서 가을 해는 저무니,

澹霞疎髮隔如紗[2]　담하소발 격여사 라

석양 노을과 성긴 머리 어긋남이 없는 듯.

病前已見碧蘿月[3]　병전이견 벽라월 하니

아프기 전에 이미 푸른 넝쿨에 걸린 달을 보았는데,

禪後未開黃菊花　선후미개 황국화 라

참선 뒤에도 국화는 아직 피지 않았네.

晩柳爲誰偏有緖　만류위수 편유서 오

철 늦은 버드나무는 누굴 위해 새삼 버들 실을 두었나?

閒雲與我共無家　한운여아 공무가 라

한가한 구름도 나와 함께 집이 없다네.

---

1) 청암(淸巖) : 미상.

2) 담하소발격여사(澹霞疎髮隔如紗) : 성긴 머리칼이 옅은 노을과 같다. 사(紗)는 '미미하다'의 뜻.

3) 벽라월(碧蘿月) : 나무에 기생하는 풀인 새삼덩굴에 걸린 달.

銅駝荊棘[4]孰非夢　동타형극 숙비몽 고

구리 낙타와 가시덤불 무엇이 꿈 아니던가?

終古英雄漫自誇　종고영웅 만자과 라

예로부터 영웅들 부질없이 자랑했다네.

---

4) 동타형극(銅駝荊棘) : 형극동타(荊棘銅駝). 나라가 망하여 황폐한 모양. 구리로 만든 낙타가 가시덤불 속에 묻혀 있다는 것은, 궁전이나 왕족들의 산소, 나라의 동산이 폐허가 됨을 뜻한다. 낙타의 동상은 낙양(洛陽) 왕궁 남쪽 길에 세워져 있었다. 서진(西晉)의 상서랑(尚書郞) 삭정(索靖)은 천하의 혼란을 예상하여 그 구리 낙타를 가리키며, "지금은 궁문 앞에 있는 너를 곧 가시나무가 우거진 폐허에서 보게 되리라."라고 말했는데, 곧 오호(五胡)의 침입으로 낙양은 반 이상 폐허가 되었다.

15) 증송청암(贈宋淸巖[1]) - 시송구선(是宋求仙)

송청암에게 주다 - 이때 송이 신선 되기를 원했다

相逢輒驚喜　상봉 첩경희 하여

만나보니 문득 놀랍고 반가워서,

共作秋山行　공작 추산행 이라

함께 가을 산을 찾아갔네.

日出看雲白　일출 간운백 하고

해 뜨면 흰 구름 바라보고,

夜來步月明　야래 보월명 이라

밤 되면 밝은 달빛 아래 걷기도 하네.

小石本無語　소석 본무어 하고

작은 돌 본디 말이 없고,

古桐自有聲[2]　고동 자유성 이라

오래된 오동나무에선 절로 소리 난다지.

大塊[3]一樂土　대괴 일락토 니

---

1) 청암(淸巖) : 미상.

2) 고동자유성(古桐自有聲) : 오래된 오동나무로 거문고를 만들면 좋은 소리가 난다고 함.

3) 대괴(大塊) : 이 땅. 우리가 사는 세계. 하늘과 땅 사이의 대자연.

이 땅이 본래 극락정토이거늘,

不必求三淸[4] 불필 구삼청 이라

굳이 신선 되기를 구하지 마시게.

4) 삼청(三淸) : 도가(道家)에서 말하는 신선이 사는 곳. 옥청(玉淸) · 상청(上淸) · 태청(太淸)의 세 궁.

16) 증남형우(贈南亨祐[1])

남형우에게 주다

秋山落日望蒼蒼[2]　추산락일 망창창 이나

가을 산에 지는 해 바라보니 아득하고 아득하나,

獨立高歌響八荒[3]　독립고가 향팔황 이라

홀로 서서 소리 높여 노래하니 천지에 울리네.

白髮數莖東逝水[4]　백발수경 동서수 하고

몇 올 흰 머리칼은 동쪽으로 흐르는 물같이 불어나고,

** 이 시의 제목이 <무제(無題)>로 된 곳도 있다.

1) 남형우(南亨祐) : 일제강점기 대한민국 임시정부 수립과 관련된 독립운동가. 1928년 하얼빈으로 가족과 함께 이주하여 흑룡강(黑龍江)에서 사설 학교를 경영하였다. 1930년 한국인 의사 부인이 밀고하여 공산주의자 혐의를 받고 공안부(公安部)에 잡혔다가 주민들의 진정으로 석방되었다. 1931년 수토병(水土病)으로 귀국, 고향에서 요양하였다. 1943년 3월 13일 혹독한 일제의 감시와 위협을 참을 수 없어 음독자살하였다고 한다. - 출처《한국민족문화대백과사전》

2) 창창(蒼蒼) : '앞길이 멀어서 아득하다', '빛이 바램'. 여기서는 후자의 의미가 맞을 듯하다.

3) 팔황(八荒) : 팔방(八方)의 멀고 넓은 범위, 곧 온 세상을 이름. 일명 팔굉(八紘) · 팔방 · 팔극(八極)이라고도 한다. 천지(天地).

4) 동서수(東逝水) : 흐르는 물에 인생을 비유한 것. 중국의 강물은 모두 동쪽으로 흐르므로 동(東)을 썼을 뿐 특별한 의미는 없다.

黃花萬本夜迎霜　황화만본 야영상 이라

수만 포기 국화는 밤중에 서리를 맞는구나.

遠書不至蟲猶語　원서부지 충유어 하고

먼 곳에서 편지 오지 않으니 벌레 소리 말과 같고,

古木無心苔自香　고목무심 태자향 이라

고목은 무심해도 이끼는 절로 향기롭다네.

四十年來出世[5]事　사십년래 출세사 하니

출가한 지 이미 40년,

慚愧依舊坐空床[6]　참괴의구 좌공상 이라

부끄럽구나, 여전히 의자 위에 멍하니 앉아 있음이.

---

5) 출세(出世) : 출세간(出世間)의 준말. 세속을 떠나 중노릇을 하는 것.

6) 상(床) : 선상(禪床). 좌선하는 의자와 같은 것. 우리나라 선종에서는 이런 것을 쓰지 않음.

17) 증고우선화(贈古友[1]禪話)

옛 벗에게 보내는 화두

看盡百花正可愛　간진백화 정가애 하고

온갖 꽃 다 보아도 정녕 사랑스럽고,

縱橫芳草踏烟霞[2]　종횡방초 답연하 라

안개 속에서 이리저리 향기로운 꽃풀들 밟고 다니네.

一樹寒梅[3]將不得　일수한매 장부득 하니

한 그루 차가운 매화를 찾지 못하였는데,

其如滿地風雪何[4]　기여만지 풍설하 오

땅에 가득한 눈바람, 이를 어찌할까나?

---

1) 고우(古友) : 최린(崔麟, 1878~1958)의 호. 1919년 3·1운동 준비단계에서부터 참여하여, 천도교와 기독교의 연합을 이룰 수 있게 하는 등 핵심적인 역할을 했다. 민족대표로 독립선언서에 서명하고 일본 경찰에 체포되어 옥고를 치르다가 1921년 12월 가출옥했다. 1932년 천도교 신파의 대도령이 되었다. 1933년 말 대동방주의를 내세워 일제에 협력할 것을 공개적으로 밝혔다. 1945년까지 친일행각으로 일관하다가 한국전쟁 때 납북되었다.

2) 연하(烟霞) : 연하(煙霞). 안개와 노을. 고요한 산수의 경치를 상징.

3) 한매(寒梅) : 차가운 매화. 이론을 넘어선 진리 자체를 매화로 비유한 것. 선종에서는 지성의 입장을 지양하여 진리 자체와 합일하는 체험을 가져야 한다고 주장한다.

4) 기여만지풍설하(其如滿地風雪何) : '여하(如何)'의 중간에 다른 말이 끼면 그 말을 목적어로 만든다. 땅에 가득 눈바람이 침을 어쩌랴. '기(其)'는 여기서는 '기(豈)'자와 같은 뜻.

18) 대만화화상 만임향장(代萬化和尙[1] 挽林鄕長[2])

만화화상을 대신하여 임향장을 조상하다

君棄人間天上去　군기인간 천상거 하니

그대 이 세상 버리고 하늘나라로 가시니,

人間猶有自心傷　인간유유 자심상 이라

세상에 남은 우리들 오히려 상심만 남았다네.

世情白髮不禁淚　세정백발 불금루 하고

세상살이 백발에 눈물을 그치지 못하고,

歲事黃花正斷腸　세사황화 정단장 이라

세월따라 핀 국화를 보니 더욱 애를 끊누나.

哀詞落木寒鴉在　애사낙목 한아재 하고

애달픈 송별사에 잎 진 나무 위엔 까마귀 내려앉고,

痛哭殘山剩水長　통곡잔산 잉수장 이라

통곡하니 두고 간 산천에 넘치는 물 끝이 없다네.

---

1) 만화화상(萬化和尙) : 1850~1918. 조선 말의 스님. 속명 정관준(鄭寬俊), 법호가 만화이다. 봉화 출신으로 13세에 출가, 금강산 건봉사에서 주석하였다. 고종 광무 5년(1901년)에 팔도승풍규정도 원장을 맡았으며, 대둔사에서 입적하였다.

2) 임향장(林鄕長) : 자세하지 않으나 임(林)씨 성의 향장(鄕長)이니 촌로(村老)로 추측됨.

公道[3]斜陽莫可追　공도사양 막가추 니

그대 가시는 길에 지는 해는 붙잡을 수 없는 일이니,

秋風秋雨滿衣裳　추풍추우 만의상 이라

가을바람 가을비에 옷을 흠뻑 적신다네.

3) 공도(公道) : 사람이 살아가면서 누구나 겪게 되는 일상의 길. 흰머리가 나거나 병들어 죽는 것 등. 여기서는 그대가 죽어 가시는 길.

19) 등선방후원(登禪房後園)

선방 후원에 올라

兩岸[1]寥寥萬事稀　양안요요 만사희 한데

양쪽 기슭 고요하고 만사가 다 그만인데,

幽人[2]自賞未輕歸　유인자상 미경귀 라

유인만이 홀로 즐겨서 선뜻 돌아가지 못하였다네.

院裡微風日欲煮　원리미풍 일욕자 하야

절 안에 산들바람 일고 햇살은 따가워져,

秋香無數撲禪衣　추향무수 박선의 라

가을 향기 헤아릴 수 없이 스님 옷에 휘감기네.

---

1) 양안(兩岸) : Ⅱ. 13) - 2) 참조.

2) 유인(幽人) : Ⅱ. 16) - 4) 참조.

20) 추야우(秋夜雨)

가을 밤비

床頭禪味澹如水　상두선미 담여수 한데

침상 머리에서 선정에 드니 담박하기 물과 같은데,

吹起香灰夜欲闌　취기향회 야욕란 이라

재가 된 향불 다시 피어오르는데 밤은 다해가려 하네.

萬葉梧桐秋雨急　만엽오동 추우급 한데

수많은 오동잎 위에 가을비 소리 요란한데,

虛窓殘夢不勝寒　허창잔몽 불승한 이라

빈 창 아래 남은 꿈이 한기를 못 견디네.

21) 한적(寒寂) 이수(二首)

추위와 적막 2수

그 첫째

不善耐寒日閉戶 불선내한 일폐호 하니

추위를 잘 견디지 못해 날마다 문을 닫고 사니,

觀山聽水未能多 관산청수 미능다 라

산 보고 물소리 듣기를 자주 할 수 없다네.

雪風埋屋人相[1]寂 설풍매옥 인상적 한데

눈바람이 집을 메우니 인적이 고요한데,

禪如春酒[2]散梅花 선여춘주 산매화 라

선정은 봄 술 같으니 매화꽃이 흩날리네.

---

1) 상(相) : 상대가 없는 경우에도 쓰임. 동사의 접두어.

2) 춘주(春酒) : Ⅱ. 3) - 2) 참조.

그 둘째

閑居日日覺深寒　한거일일 각심한 하고

　한가로운 요즘에 날로 추위 심해짐을 느끼는데,

坐中鐵壁復銀山[3)]　좌중철벽 부은산 이라

　좌선 때마다 철벽과 은산이 앞을 가로막는 듯하네.

却恥吾身不似鶴　각치오신 불사학 하니

　도리어 이 몸 학이 되지 못함을 부끄러워하니,

禪心未破[4)]空相看　선심미파 공상간 이라

　진리를 깨닫지 못하고 공연히 바라만 본다네.

---

3) 철벽부은산(鐵壁復銀山) : 선가(禪家)에서 쓰는 말. 깨닫지 못하고 앞이 꽉 막힌 경지. 은과 철은 뚫기 어렵고, 산과 벽은 오르기 어려운 것이므로, 도저히 이를 수 없는 경지를 이르는 말이다.

4) 선심미파(禪心未破) : 진리를 깨닫지 못함. 선(禪)에서는 일체의 대상을 부정하여 자기의 마음까지 깨뜨려야 한다고 주장한다. 그래서 하늘을 나는 학을 부러워한 것이다.

22) 고의(古意) 일(一)

옛 뜻을 본받아 쓴 시 1

淸宵依劒立[1] 청소 의검립 하니

맑은 밤 칼을 의지하고 서니,

霜雪千秋空 상설 천추공 이라

눈서리 같은 칼날에 천 년 세월도 공하도다.

恐傷花柳意 공상 화류의 하여

꽃이며 버들의 뜻을 상할까 하여,

回看迎春風 회간 영춘풍 이라

고개 돌려 봄바람 맞이하노라.

1) 의검립(依劒立): 칼날 위에 선 것 같은 깨침의 의지를 세움.

23) 한음(閑唫)

한가하게 읊다

中歲知空劫[1] 중세 지공겁 하니

중년에야 세상살이 성주괴공함을 알아,

依山別置家 의산 별치가 라

산에 기대어 외딴집을 얽었다.

經臘題殘雪 경랍 제잔설 하고

섣달 지나 남은 눈에 시를 읊고,

迎春論百花 영춘 논백화 라

봄을 맞아 온갖 꽃을 말하리라.

借來十石少[2] 차래 십석소 하고

** 이 시는 39세, 득도한 즈음에 지어진 시라고 추측함.

1) 공겁(空劫) : 불교 용어 사겁(四劫)의 하나. 성주괴공(成住壞空)은 세계가 변화하는 4단계를 말한다. 이를 4대겁(四大劫)이라고 하는데, 생겨나는 시기를 성겁(成劫), 존재하는 시기를 주겁(住劫), 파괴되는 시기를 괴겁(壞劫), 텅 비어 아무것도 없는 시기를 공겁(空劫)이라 한다. 세상은 이 네 단계가 서로 윤회한다고 한다.

2) 차래십석소(借來十石少) : 《한용운전집》에서는 '여남은 개의 돌을 빌어다가 담을 쌓아 구름이 많이 몰려드는 것을 제거한다'고 해석했으나, 십석(十石)을 열 섬 곡식으로 보면 '공양미, 또는 수행 등으로 해석하여 39세에 득도했으나 수행심이 줄어드는 자신을 반성하는 의미로 볼 수도 있다.'라고 하였다.

(탑 쌓을) 돌이야 열 개를 빌려 와도 적을 것이고,

除去一雲多 제거 일운다 라

한 조각 구름은 지워도 많구나.

將心半化鶴 장심 반화학 하니

마음은 장차 반쯤 학이 되었는데,

此外又婆娑[3] 차외 우파사 라

이 밖에 또 너울너울 춤이나 추어보리라.

---

3) 파사(婆娑) : 춤추는 모양. '삼[麻]을 길쌈하지 않고, 시장에서 너울너울 춤만 추도다.(不績其麻, 市也婆娑.)' - 《시경(詩經)》 <진풍(陳風)> 동문지분(東門之枌). 한국고전 DB 각주 정보

24) 영한(咏閑)

한가함을 읊다

窮山寄幽夢　궁산 기유몽 하니

깊은 산속에 깃들어 그윽한 꿈을 꾸니,

危屋[1]絶[2]遠想[3]　위옥 절원상 이라

벼랑 끝 집이라 먼데 생각 끝내주네.

寒雲生碧澗　한운 생벽간 하고

차가운 구름 푸른 개울에서 일어나고,

纖月度蒼岡　섬월 도창강 이라

가냘픈 초승달 푸른 언덕 넘어가네.

曠然[4]還自失　광연 환자실 하고

확연대오하여 도리어 스스로를 잃어버리고,

一身各相忘　일신 각상망 이라

한 몸에 문득 상념조차 잊어버렸네.

** 이 시는 오언고시의 형태로 지어졌다.

1) 위옥(危屋) : 높은 집. 고루거각(高樓巨閣)이 아니라 지대(地帶)가 높다는 뜻이다.

2) 절(絶) : 여기서는 절경, 절색처럼 궁극을 다한다는 뜻이다.

3) 원상(遠想) : 먼 데를 생각함. 높은 데 살아서 시야가 넓은 것처럼 생각도 넓어서 작은 일에 구애되지 않는 것을 뜻한다.

4) 광연(曠然) : 텅 빈 모양. 또는 아주 큰 모양.

25) 독음(獨唫)

홀로 읊다

山寒天亦盡　산한 천역진 한데

산중은 차갑고 날도 또한 저무는데,

渺渺與誰同　묘묘 여수동 고

아득함을 누구와 더불어 함께하리?

乍有奇鳴鳥　사유 기명조 하니

문득 기이한 소리로 우는 새 있어,

枯禪全未空　고선 전미공 이라

야윈 선승은 마음을 온전히 비우지 못하네.

26) 독야(獨夜) 이수(二首)

밤에 홀로 2수

그 첫째

天末無塵明月去　천말무진 명월거 하고

 티없는 저 하늘 끝으로 밝은 달 넘어가고,

孤枕長夜聽松琴[1]　고침장야 청송금 이라

 긴 밤 외로운 베갯머리에 들리는 솔바람 소리.

一念不出洞門外　일념불출 동문외 하니

 한 생각도 동문 밖을 나가지 못하였지만,

惟有千山萬水心　유유천산 만수심 이라

 오직 온 산천을 두루 찾고픈 마음만 남았네.

** 이 시는 《화융지》 제12권 6호(1908.6.)에도 실려 있다.

1) 송금(松琴) : 솔바람 소리를 거문고 소리에 빗댄 것.

그 둘째

玉林垂露月如霰[2] 옥림수로 월여산 하고

옥 같은 나뭇가지에 맺힌 이슬이 달빛에 싸락눈 같고,

隔水砧聲江女寒 격수침성 강녀한 이라

강 건너 다듬이 소리 강가 여인의 마음은 차갑도다.

兩岸[3]青山皆萬古 양안청산 개만고 하니

양쪽 기슭 청산은 모두 만고에 그대로이니,

梅花初發定僧[4]還 매화초발 정승환 이라

매화가 막 필 때면 선승(禪僧)으로 돌아가리라.

---

2) 월여산(月如霰) : 숲에 맺힌 이슬이 달빛을 받아 싸락눈처럼 보인다는 뜻.

3) 양안(兩岸) : Ⅱ. 13) - 2) 참조.

4) 정승(定僧) : Ⅱ. 13) - 3) 참조.

27) 산주(山晝)

산속의 한낮

群峰蝟集[1]到窓中　군봉위집 도창중 하니

뭇봉우리 고슴도치처럼 창에 모이니,

風雪凄然去歲同　풍설처연 거세동 이라

처연한 눈보라 지난해와 같구나.

人境寥寥晝氣冷　인경요요 주기랭 한데

사람 사는 동네 고요하고 한낮 기운이 차가운데,

梅花落[2]處三生[3]空　매화락처 삼생공 이라

매화꽃 지는 곳에 삼생의 인연도 공이로구나.

---

1) 위집(蝟集) : 고슴도치의 털과 같이 많은 것이 한곳에 모여든다는 뜻으로, 한꺼번에 많이 모임.

2) 매화락(梅花落) : 피리 곡조의 이름이기도 하나 이 시에서는 글자 그대로 매화가 지는 것을 뜻한다.

3) 삼생(三生) : Ⅱ. 17) - 5) 참조.

28) 청음(淸唫)

맑음

一水孤花逈　일수 고화형 하고

물 위에 외로운 꽃송이 멀어지고,

數鐘千竹寒　수종 천죽한 이라

몇 차례 종소리에 온 대숲이 차갑구나.

不知禪已破[1]　부지 선이파 하고

이미 견성(見性)한 줄 알지 못하고,

猶向物初看　유향 물초간 이라

오히려 만물을 처음 보듯 맞이하네.

---

1) 선이파(禪已破) : 선의 장벽이나 관문이 깨졌다는 뜻. 견성(見性)함. 마음 닦는 공부를 하여 깨달음을 얻게 되는 체험의 경지.

29) 운수(雲水)[1]

운수납자(雲水衲子)

白雲斷似衲[2] 백운 단사납 하고

흰 구름 단연코 떠돌이 중과 같고,

綠水矮於弓 녹수 왜어궁 이라

푸른 물은 활보다 짧구나.

此外一何去 차외 일하거 오

이곳 떠나 또 어디로 가나?

悠然[3]看不窮 유연 간불궁 이라

아득히 그 무궁함을 바라보노라.

---

1) 운수(雲水) : 운수납자(雲水衲子), 운수승(雲水僧). '탁발승'을 멋스럽게 이르는 말. 돌아다니는 승려를 무상한 구름과 물에 비유하여 이르는 말.

2) 납(衲) : 승려가 입는 가사, 장삼 등의 법의(法衣).

3) 유연(悠然) : 침착하고 여유가 있는 모양. 마음이나 태도가 태연한 모양. 한시에 자주 쓰이는 표현이다. '동편 울타리에서 국화를 따고, 여유롭게 남산을 바라본다.(採菊東籬下, 悠然見南山.)' - 도잠(陶潛) 〈음주(飮酒) 제5〉

30) 선암사병후작(仙巖寺病後作) 이수(二首)

선암사에서 병후에 지은 2수

그 첫째

客遊南地盡 객유 남지진 하니

나그네로 떠돌다 남쪽 땅끝까지 와서,

病起秋風生 병기 추풍생 이라

앓다가 일어나니 가을바람이 부네.

千里每孤往 천리 매고왕 하나

천릿길을 늘 홀로 가나,

窮途還有情 궁도 환유정 이라

막다른 길에서 도리어 정을 만나네.

그 둘째

初秋人謝病[1] 초추 인사병 한데

초가을 병을 핑계로 사람을 피하니,

蒼鬢歲生波[2] 창빈 세생파 라

희끗희끗 귀밑머리 세밑에 물결치네.

夢苦人相遠 몽고 인상원 하고

꿈은 괴롭고 친구들과는 멀어졌는데,

不堪寒雨多 불감 한우다 라

찬비 내림을 더더욱 견딜 수가 없다네.

---

1) 사병(謝病) : 병을 구실로 방문객을 거절하는 것.

2) 세생파(歲生波) : 나이가 물결을 일으킴. 귀밑머리가 흩날리는 것을 형용한 말이다.

31) 신청(新晴)

새로이 개다

禽聲隔夢冷 금성 격몽랭 한데

새소리는 꿈 너머로 서늘한데,

花氣入禪無 화기 입선무 라

꽃향기 선정(禪定)[1] 속에 남김없이 스며드네.

禪夢復相忘 선몽 부상망 하니

참선과 꿈 다시 모두 잊은 곳이,

窓前一碧梧[2] 창전 일벽오 라

바로 창 앞의 한 그루 벽오동일세.

---

1) 선정(禪定) : 선(禪)은 범어 댜나(dhyana)를 음역하여 선나(禪那)로, 이를 다시 줄여서 선(禪)이라 한 것인데, 뜻은 고요히 생각한다고 하여 정려(精慮), 또는 생각으로써 닦는다고 하여 사유수(思惟修), 또는 생각을 가라앉혀 정신을 집중시킨다고 하여 정(定)이라 번역하기도 하며, 음과 뜻을 합쳐 선정(禪定)이라고도 한다. 그러므로 선정은 좌선, 집중, 삼매, 몰두 등의 뜻이 있고, 한자로는 적정삼매(適定三昧)라고 한다.

2) 창전일벽오(窓前一碧梧) : 조주선사(趙州禪師)의 '뜰 앞의 측백[잣]나무(庭前柏樹子)'를 연상시키는 말. 이론이 끊어진 실재 그대로의 제시. 조주선사에게 어떤 스님이 물었다. "조사가 서쪽에서 온 뜻이 무엇입니까?" 조주선사가 대답했다. "뜰 앞의 측백나무이다.(庭前柏樹子)"

32) 오도송(悟道頌) - 정사년십이월삼일야십시경 홀문풍타타물성의정돈석잉득일시(丁巳年十二月三日夜十時頃 忽聞風打墮物聲疑情頓釋仍得一詩[1])

오도송 - 정사년 12월 3일 밤 10시경 좌선 중에 갑자기 바람이 불어 무슨 물건인가를 떨구는 소리를 듣고 의심하던 마음이 씻은 듯 풀렸다. 그래서 시 한 수를 지었다

南兒到處是故鄕[2] 남아도처 시고향 이니

남아가 가는 곳은 어디나 고향인 것을,

幾人長在客愁[3]中 기인장재 객수중 고

---

1) 잉득일시(仍得一詩) : 오도송(悟道頌). 깨달음에 이른 순간 위대한 선사들이 남기는 시. 불교에서 깨달음에 이르렀다는 것은 부처가 되었다는 말이며, 깨달음에 이른 순간 다른 사람이 아닌 나 자신으로서 느끼고, 생각하고 표현하게 된다고 함.

2) 남아도처시고향(南兒到處是故鄕) : 이 고향은 우리들의 마음의 고향인 본원적(本源的)인 도의 세계를 가리킨 것. 모든 사물이 그대로 도의 모습이요, 일체중생이 본질에 있어서는 부처라고 보는 것이 불교의 견해다.

3) 객수(客愁) : 무명(無明), 미혹(迷惑)의 경지를 비유한 말. 무명은 사물의 있는 그대로의 모습을 보지 못하는 불여실지견(不如實智見)을 말한다. 즉 진리에 눈뜨지 못하고 사물에 통달하지 못해서 사물과 현상의 도리를 확실하게 이해할 수 없는 정신상태, 어리석음을 뜻한다.

얼마나 많은 사람이 오랫동안 객수에 시달리고 있는가?

一聲喝破[4]三千界[5] 일성할파 삼천계 하니

한마디 소리 질러 삼천세계 꾸짖으니,

雪裡桃花片片紅[6] 설리도화 편편홍 이라

눈 속에 복사꽃 조각조각 붉도다.

---

4) 할파(喝破) : 큰 소리로 꾸짖는 것이 원래의 뜻이지만 이 시에서는 선종의 할(喝)을 가리킨다. 선문답에서는 대답 대신 봉(棒)이나 할(喝)을 쓰는 이가 가끔 있다. 진리는 언어와 논리를 뛰어넘은 것이어서 그 근원적 상황을 체득시키기 위해 소리를 크게 지르는 것이 할이다. 파(破)는 강조의 뜻을 지닌 조자(助字).

5) 삼천계(三千界) : 우주. '사대주(四大洲)와 해와 달, 수미산과 육욕천(六欲天) 초선천 등을 모두 천 배 곱한 것을 소천세계(小千世界)라 부르고, 이 소천세계를 천 배 곱한 것이 중천세계이고, 이 중천세계를 다시 천 배 곱한 것을 대천세계라 한다.'라고 하였다. -《구사론(俱舍論)》

6) 편편홍(片片紅) : 붉은 꽃잎이 붉도다. 만공선사가 이 시를 보고, 홍(紅)자를 비(飛 : 흩어지다)자로 고치라 했다고도 한다.

33) 오세암(五歲庵)[1]

오세암

有雲有水足相隣　유운유수 족상린 하니

구름 있고 물도 있어 서로 이웃하여 좋으니,

○○○○[2]況復仁　○○○○ 황부인 고

보리(菩提)도 잊었거니 하물며 인(仁)일 것인가?

市遠松茶堪煎藥　시원송차 감전약 하고

시장은 멀어 송차로 약을 달일 만하고,

山窮魚鳥忽逢人　산궁어조 홀봉인 이라

산이 깊어 고기와 새도 갑자기 사람을 만났다네.

絶無一事還非靜　절무일사 환비정 이오

한 가지 일도 사뭇 없음이 도리어 고요함이 아니요,

莫負初盟是爲新　막부초맹 시위신 이라

첫 맹세 저버리지 않는 것이 바로 새로움이 되느니.

倘[3]若芭蕉雨後立　당약파초 우후립 이면

1) 오세암(五歲庵) : V. 9) -1) 참조.

2) 빠진 글자를 《전집》에서는 '네 결자(缺字)가 있어서 앞뒤의 문맥으로 보아 망각보리(忘却菩提)를 역자가 보충하여 번역하였다. 보리는 깨달음, 진리 정도의 뜻'이라고 하였다.

3) 당(倘) : '만일'. 접속사로 서면어(書面語 : 글말)에 주로 사용한다. 당(儻)

혹시나 파초같이 비 온 뒤에 꼿꼿이 설 수 있다면,

此身何厭走黃塵[4] 차신하염 주황진 고

이 몸이 어찌 속세로 달려 나가기를 꺼릴 것인가?

과 통한다.

4) 황진(黃塵) : 세속. 도를 얻은 후에 세속으로 돌아가야 함은 대승의 근본 주장이다.

34) 차곽암십우송운(次廓庵[1]十牛頌韻)

곽암의 〈십우송〉의 각운자를 차운하여 짓다

1) 심우(尋牛) – 소를 찾아서

此物元非無處尋 차물원비 무처심 하나

이 물건은 원래 찾지 못할 리 없으나,

山中但覺白雲深 산중단각 백운심 이라

산속에 다만 알겠네, 흰 구름이 깊다는 것만.

絶壑斷崖攀不得 절학단애 반부득 한데

깎아지른 벼랑이라 잡을 곳도 없는데,

風生虎嘯復龍唫 풍생호소 부룡음 이라

바람 일고 호랑이 울고 또 용이 고함치고 있네.

** 만해선사도 자신이 불교학도로서 초심구도(初心求道)의 뜻을 나타내고자 자신의 거처를 심우장이라 명명하고, 또 곽암선사의 <십우도송(심우도)>을 차운하여 칠언절구 10수를 지었다.

1) 곽암(廓庵) : 중국 북송대 곽암선사.

⊙ 참고 곽암(廓庵)의 〈십우도(十牛圖)〉[2] – 심우(尋牛)

중국 송나라 때 만들어진 보명(普明)의 목우도(牧牛圖)와 곽암(廓庵)의 십우도 등 두 종류가 우리나라에 전래되었다.

茫茫撥草去追尋　망망발초 거추심 하니

아득히 펼쳐진 수풀 헤치고 소를 찾아 나서니,

水闊山遙路更深　수활산요 노갱심 이라

물 넓고 산 먼데 길은 더욱 깊구나.

力盡神疲無處覓　역진신피 무처멱 한데

힘 빠지고 마음 피로해 찾을 길 없는데,

但聞楓樹晚蟬吟　단문풍수 만선음 이라

단지 들리는 건 늦가을 단풍나무의 매미 소리뿐.

---

2) 십우도(十牛圖) : 심우도(尋牛圖)라고도 한다. 불교의 선종(禪宗)에서 본성을 찾는 것을 소를 찾는 것에 비유하여 그린 선화(禪畫). 선의 수행단계를 소와 동자에 비유하여 도해한 그림으로, 그 단계를 10단계로 하고 있다. 자기의 본심인 소를 찾는 단계인 심우(尋牛), 소의 발자취를 찾는 단계인 견적(見跡), 소를 보는 단계인 견우(見牛), 소를 얻는 단계인 득우(得牛), 소를 길들이는 단계인 목우(牧牛), 소를 타고 집에 돌아오는 단계인 기우귀가(騎牛歸家), 소를 잊어버리고 안심하는 단계인 망우존인(忘牛存人), 사람도 잊고 소도 잊는 단계인 인우구망(人牛俱忘), 있는 그대로의 세계를 깨닫는 단계인 반본환원(返本還源), 중생을 제도하기 위하여 거리로 나가는 단계인 입전수수(入鄽垂手)를 말한다.

2) 견적(見跡) - 자취를 보다

狐狸滿山凡幾多　호리만산 범기다 아

여우 살쾡이가 산에 득실댐이 무릇 얼마나 많은지?

回頭又問是甚麼　회두우문 시심마 오

머리를 돌려 또 묻노니 "이것은 무엇인고?"

忽看披艸踏花跡　홀간피초 답화적 하니

풀 헤쳐 꽃 밟은 자취 문득 보게 되니,

別徑何須更覓他　별경하수 갱멱타 오

다른 길로써 어찌 모름지기 다시 다른 것을 찾으랴?

3) 견우(見牛)- 소를 보다

至今何必更聞聲 지금하필 갱문성 고

하필이면 지금 다시 그 소리를 듣게 되나?

揖[3]白白兮踏青青 읍백백혜 답청청 이라

희고 흰 모습에 인사함이여! 푸르고 푸름을 밟고 있구나.

不離一步立看彼 불리일보 입간피 하니

한 걸음도 떼지 않아도 당장 그것을 간파할 수 있으니,

毛角元非到此成 모각원비 도차성 이라

저 털 저 뿔 원래 있었지 오늘에야 이룩된 것은 아닐세.

3) 읍(揖) : 두 손을 모아들고, 고개를 약간 숙이면서 하는 간단한 인사.

4) 득우(得牛) - 소를 얻다

已見更疑不得渠 이견갱의 부득거 하여

이미 보고도 다시 저를 못 붙들까 의심하여서,

擾擾[4]毛心[5]亦難除 요요모심 역난제 라

어지러운 터럭 같은 마음 또한 끊기 어려워라.

頓覺其轡已在手 돈각기비 이재수 한데

문득 깨달으니 그 재갈 이미 손안에 있는데,

大似元來不離居 대사원래 불리거 라

크게 본디 떨어지지 않아야만 하는 것만 같구나.

---

4) 요요(擾擾) : 분란한 모양. 당나라 한유(韓愈)의 시 〈파주(把酒)〉에 '요란스레 명성을 치달리는 자들이야, 어느 누가 하루라도 한가할 수 있으리오. 나는야 여기 와서 짝할 사람 없으니, 술잔 들고 한가로이 남산을 대하노라.(擾擾馳名者, 誰能一日閒. 我來無伴侶, 把酒對南山.)' 라고 하였다. -《전당시(全唐詩)》 권343 유성남16수(遊城南十六首) 파주(把酒)

5) 모심(毛心) : 들뜬 마음. 안정되지 않은 마음.

5) 목우(牧牛) - 소를 기르다

飼養馴致兩加身　사양순치 양가신 하니

먹여 기르고 길들이기 둘 다 몸에 더하여,

恐彼野性逸入塵　공피야성 일입진 이라

행여나 그놈 야성이 남아 안일하게 세속으로 들어갈까 두려워하네.

片時不待羈與絆　편시부대 기여반 하고

어느덧 굴레 씌우고 발을 묶이기를 기다리지 않아도,

萬事於今必須人　만사어금 필수인 이라

지금에 온갖 일이 반드시 사람을 기다리는구나.

6) 기우귀가(騎牛歸家) - 소를 타고 집으로 돌아오다

不費鞭影任歸家　불비편영 임귀가 하야

채찍질하지 않고도 집으로 돌아가는 대로 맡겨두니,

溪山何妨隔烟霞　계산하방 격연하 오

골짜기와 산도 어찌 짙은 안개로 방해하리오?

斜日吃盡長程艸　사일흘진 장정초 하니

해는 지고 길가 그 많은 풀들 다 먹어치울 제,

春風未見香入牙　춘풍미견 향입아 라

봄바람은 볼 수 없으나 향기는 입안에 들어오네.

7) 망우존인(忘牛存人) - 소를 잃어버리고 사람만 남다

自任逸蹄水復山　자임일제 수부산 하니

스스로 소에 맡겨 산이며 강으로 달아나듯 달리게 하니,

綠水青山白日間　녹수청산 백일간 이라

녹수청산에 세월은 한가롭기만 하다네.

雖然已在桃林[6]野　수연이재 도림야 나

비록 몸은 이미 도림 들판에 있으나,

片夢猶在小窓間　편몽유재 소창간 이라

한 조각 꿈은 여전히 작은 창에 남았구나.

6) 도림(桃林) : 주(周) 무왕(武王)이 주(紂)와 싸워 이기고 전쟁을 끝낸 뒤에 다시는 전쟁을 하지 않겠다는 뜻으로 소를 풀어놓은 곳이다. '말을 화산의 남쪽에 돌려보내고 소를 도림의 들판에 풀어놓아, 천하에 무력을 쓰지 않을 것임을 보였다.(歸馬于華山之陽, 放牛于桃林之野, 示天下弗服.)' - 《서경(書經)》 〈무성(武成)〉

8) 인우구망(人牛俱忘) – 소 찾으러 간 사람도 소도 서로 다 잊었다네

非徒色空空亦空　비도색공 공역공 이니

다만 색이 공이고 공도 또한 공이 아니기에,

已無塞處又無通　이무색처 우무통 이라

이미 막힌 곳도 없으니 또한 통한 곳이 없다네.

纖塵不立依天劍　섬진불립 의천검 하니

먼지 하나 하늘 높이 빼어 든 칼에 붙을 수 없으니,

肯許千秋有祖宗　긍허천추 유조종 고

어찌 천추에 조종 있음을 마땅히 용납하리?

9) 반본환원(返本還源) - 근본으로 돌아가다

三明[7]六通[8]元非功　삼명육통 원비공 하니

삼명 육통을 원래 공치사할 것 없거니,

何似若盲復如聾　하사약맹 부여롱 고

무슨 까닭에 소경인 양 또 벙어리인 양 하리오?

回首毛角未生外　회수모각 미생외 하니

돌아보니 털도 뿔도 나지 않은 곳에도,

春來依舊百花紅　춘래의구 백화홍 이라

봄이 오니 온갖 꽃들 여전히 붉도다.

---

7) 삼명(三明) : 세 가지의 신통. 숙명통(宿命通)·천안통(天眼通)·누진통(漏盡通), 또는 숙주지증명(宿住智證明)·사생지증명(死生智證明)·누진지증명(漏盡智證明) 등이라고도 함. 아라한의 경우에는 3명(明), 부처의 경우에는 3달(達)이라 하여 구분하기도 함.

8) 육통(六通) : 아라한이 갖춘 능력. 3명(明), 즉 숙명통(宿命通)·천안통(天眼通)·누진통(漏盡通)에 천이통(天耳通)·타심통(他心通)·신족통(神足通) 세 가지를 더한 것.

10) 입전수수(入廛[9]垂手[10]) – 시장에 들어가 중생을 제도함

入泥入水任去來 입니입수 임거래 하야

진흙 속이나 강물 속 어디든지 마음대로 드나들며,

哭笑無端不盈腮 곡소무단 불영시 라

무단히 울고 웃어도 그 볼에다 채울 수가 없으리.

他日茫茫苦海裏 타일망망 고해리 하야

어느 날엔가 아득한 괴로움의 바닷속에서,

更敎蓮花火中開 갱교련화 화중개 라

다시 불길 속에서 연꽃을 피게 하리라.

---

9) 전(廛) : 점포(店鋪) 또는 시가(市街)를 말함. 구극(究極)의 진리를 체득한 승려가 중생을 구원하고자 하는 자비(慈悲)의 마음에서, 고요한 수행의 장소를 버리고, 시끄러운 시가지에 들어가서 혼미(昏迷)한 사람들과 같이 살면서, 사람들을 인도하는 것을 말한다.

10) 수수(垂手) : 선지식(善知識)이 손을 내려 수행자를 교도(敎導)하는 것.

발문(跋文)

몸으로 마음으로 방황하며 살았던,
만해선사는 한 '사람'이었다

자고 일어나면 희미하게 잊혀지는 꿈같은 삶이었지만, 무엇이 옳은 것인지 끊임없이 좇으며, 살았던 한순간도 자신은 살아 숨쉬고 먹고 자고 늙어가며 아프고 죽어가는 사람이라는 것을 잊은 적이 없는 참된 인간이었다. 그러기에 무엇 하나 소중하지 않은 것이 없었다. 세상에 존재하는 모든 것들의 생로병사生老病死, 희로애락喜怒哀樂을 놓치지 않으려 치열한 삶을 살아가셨다.

우리는 만해선사를 기억할 때 예외없이 〈님의 침묵〉을 떠올린다. 한글로 쓰이고, 깊은 선정에 든 듯한 시의 뜻도 좋고, 심지어 학교에선 그 시를 배우기까지 했다. 우린 그동안 학교 교육의 힘으로 만해선사는 한글로 된 시만 남긴 줄 알았다. 만해선사는 〈님의 침묵〉이라는 시집을 세상에 내어놓으면서 쓴 후기에,

> 독자여, 나는 시인으로 여러분의 앞에 보이는 것을 부끄러워합니다. 여러분이 나의 시를 읽을 때 나를 슬퍼하고 스스로 슬퍼할 줄을 압니다. 나는 나의 시를 독자의 자손子孫에게까지 읽히고 싶은 마음은 없습니다. 그때에는 나의 시를 읽는 것이 늦은 봄의 꽃수풀에 앉아서 마른 국화菊花를 비벼서 코에 대는 것과 같을는지 모르겠습니다. (후략)

라고 하였다.
하지만 만해선사의 생각과는 다르게 다행히도 〈님의 침묵〉은 우리 문학사에 커다란 족적을 남길 만큼 많이 알려지고 연구되고 지금도 애송되고 있다. 덕분에 우린 그걸로 만해선사를 이해했다고 착각하며 지나왔다. 고상하고 철학적이며 어디 천상에나 있을 법한 존재쯤으로 여기며 살아왔다.
아니었다.
만해선사는 고민 많은, 끝없는 번뇌 속에서 인간의 삶의 의미를 깨달은 사람이었다. 그것은 바로 만해선사가 남겨놓은 한시에서 확인할 수 있다. 수많은 한시를 남긴 줄을 몰랐다. 그저 만해문학관 진열대 전시본으로 켜켜이 먼지만 쌓여가고 있었지만, 견문이 짧은 탓에 이미 오래전 선학들께서 만해선사의 한시를 쉬운 우리말로 번역하여 세상에 알렸음에도 그것조차 잘 모르고 있었다.
참으로 우연한 기회에 이장우 선생님 덕분에 만해선사의 한시를 한꺼번에 접할 수 있는 행운이 찾아왔다. 현실을 온전히 몸으로, 마음으로 부딪히며 살아온 그의 삶의 흔적이 고스란히 담겨 있는 시들이었다. 불교의 근대화에 앞장섰던 승려이기도 했으며, 우리 민족의 독립을 위해 투쟁하며 저항했던 지식인으로서의 그의 삶이 오롯이 묻어나는 시들을 보며 그저 비탄에 잠긴 듯한 한恨 많은 그런 마음이 아니었다는 것도 알았다. 그런 슬픔을 이겨내고 '님'을 기다린 사람이었다. 일상에서 거둔 삶의 감정들이 잘 녹아있는 시들이었다.

모쪼록 만해선사의 한시를 읽으며 올바르게 치열하게 살았던 만해선사의 삶을 되돌아보며, 스스로의 삶의 방향도 가늠해 보는 계기가 되었으면 한다.

이런 시들을 함께 읽고 풀어내며 의미를 끄집어낼 수 있도록 해주신 이장우 선생님께 감사의 말씀을 드리고, 더불어 그동안 머리를 맞대고 고민하며 시의詩意를 쉽게 전달하기 위해 애쓴 주동일, 신보균 선생님과 함께한 시간이 무척이나 행복했음을, 고맙고 감사하는 마음으로 이 글을 올린다.

대구 우거(寓居)에서 노우(蘆雨) **권혁화**(權赫和) 씁니다

후기(後記)

의기천추義氣千秋 만해선사의 한시

백담사에서 출가한 뒤부터 불도에 정진하며 보인 선사의 발섭산천跋涉山川, 운수행각雲水行脚, 만행卍行의 나날들은 만해선사에게 거침이 없는 날들이었습니다. 해인사 주지 이회광이 조선 사찰을 일본 조동종 아래에 두려는 '연합맹약'을 깨뜨렸을 때, 불교 개혁의 선두로서 여러 방면에 걸친 학술적·대중적 헌신과 독립운동 참여 또한 저의 밤잠을 설치도록 만들었습니다.
1933년 지인의 도움으로 마련된 심우장에서도 국가와 민족의 독립을 위해 창씨 개명 반대 운동, 조선인 학병 출정을 반대하신 분, 북향을 고집한 그 고집스러움과 함께 광복 전인 1944년 6월 29일 세랍 66세, 법랍 39년을 일기로 입적하실 때까지 자신을 갉아먹을 수 있는 곳에서 의연히 생활하신 의지를 이 《만해 한용운 한시집》을 역주하며 새삼 다시 보게 되었습니다.

저기 저 저 달 속에
방아 찧는 옥토끼야,

무슨 방아 찧어내나
약방아를 찧어낸다.

고무풍선 타고 가서
그 약 세 봉 얻어다가
한 봉을랑 아버님께
한 봉을랑 어머님께
또 한 봉은 내가 먹고
우리 부모 모시고서
천년 만년 살고지고.

- <달님> 3연 중 1연. 《만해시전집》 동시

대실로 비단 짜고 솔잎으로 바늘삼아
만고청청萬古靑靑 수를 놓아 옷을 지어 두었다가
어즈버 해가 차거든 우리 님께 드리리라.

- <우리 님> 전문

첫새벽 굽은 길을 곧게 가는 저 마누라.
공장 인심 어떻던고 후하던가 박하던가
말없이 손만 젓고 더욱 빨리 가더라.

- <직업부인(職業婦人)> 전문. 《만해시전집》 시조

만해선사의 문학은 일반 대중에게 잘 알려진 작품으로만 보더라도 문학 갈래의 전반을 망라하신 것들을 다시 확인하며 선사는 이규호 선생의 저서 《사람됨의 뜻》과 《말의 힘》에 나오는

된사람이고, 촛불처럼 남을 위해 자신을 불사르는 삶에 진심인 분임을 알 수 있었습니다.

시詩와 시조時調, 동시童詩에서 보이는 만해선사의 사람됨과 그 행적은 어느 독립운동가가 잠을 안 재우는 고문을 받으시다가 피곤하여 졸고 있는 일본인 경찰을 보고 깨달으셨다는 "저놈들은 이미 빼앗은 나라를 더욱 확실히 집어삼키기 위해 저렇게 애를 쓰는데, 빼앗긴 나라의 백성인 나는 과연 나라를 되찾기 위해 몇 밤이나 새웠던가?"라는 말씀과 함께 떠올라 자주 밤을 새우도록 만들었습니다.

만해선사의 한시는 대입 면접에서 인연이 되어 논문을 지도해 주시고, 교수보다 선생이란 호칭을 좋아하신 이장우 선생님과, 군에서 인연이 되어 평생의 외우畏友인 배우고 익히는 사람 그 자체인 권혁화 선생과, 마르지 않는 학구열로 자신을 낮추고 남을 위해 봉사하며 스스로 채찍질하시는 대학 선배 주동일 선생님과의 3년 동안의 참 좋은 공부 거리였습니다.

그동안 만해 문학 저본을 바탕으로 하나하나 입력하며 글을 따라갔고, 관련 논문을 손이 닿는 대로, 권하는 대로 열심히 봤습니다. 한국국학진흥원에 허다하게 있는 것이 각 문중의 문집들이고 쉽게 접할 수 있는 것들인데, 왜 하필 평가가 제각각이고 지나친 현실참여에 말 많은 대처승帶妻僧 제도를 요구한 선사의 한시를 선택한 것인지, 저는 생각하지 않고 보았습니다. 그리고 바로 조선시대에 태어나 식민지 백성으로 입적

하신, 난세에 출가한 뒤 우국의 일념으로 관통된 선사의 삶을 다시금 확인할 수 있었고, 이는 이 책을 접하신 분들도 마찬가지리라 믿습니다.

교사로서 학생들만 보고 산 제가 좀 더 나아갔으면 하는 바람으로 이것저것 권해주시는 두 분 선생님의 말씀을 무조건 따른 그 결실이 오늘의 이 책입니다. 도무지 눈에 보이는 것이 없던 저의 갈 길을 보여주시며 수없이 염려해 주시고, 조그만 도움에도 넘치게 고마워하신 분들이어서, 둔한 머리를 짜내며 최선을 다해 따라간 것뿐인데, 분에 넘치게 책의 저자로 선정되는 여기까지 오게 되어 감사보다 어리둥절하기 짝이 없는 것이 저의 진심입니다.
대부분 사람은 일반적으로 일이 바르게 되는 방향, 또는 나에게 도움이 되는 방향 중에서 후자를 선택하고, 또 다수 사람의 본능은 가망이 없는 희망을 바라지 않지만, 성현이라 불리고 오래도록 존경을 받는 이들의 삶은 전자를 선택한다는 것을 우리는 역사를 통해 잘 알고 있지만 실천하기가 쉽지 않습니다.
지금과 같은 우리에게 사과하지 않는 세상사 속에서 만해선사의 한시를 통해 저에게 작은 배움을 실천할 수 있게 해주신 이장우 선생님께 큰절을 올립니다. 고맙습니다. 그리고 저와 마찬가지로 이 책을 읽으시는 분들도 평생 역경을 먹고 자란 듯한 나날을 보내시면서도 정의로운 기개를 종신토록 이어가신 의기천추義氣千秋의 만해선사를 만나보시고, 남은 나날의 지침을 잡으실 수 있었으면 하는 바람입니다. 복 많이 받으십시오.

무학산 자락에서 무구당(無咎堂) **신보균**(申補均) 삼가 씁니다

찾아보기

만해 한용운 한시집

초판 인쇄 - 2023년 8월 25일
초판 발행 - 2023년 8월 29일

공역자 - 이장우 권혁화 신보균 주동일
발행인 - 金 東 求
발행처 - 명 문 당(창립 1923년 10월 1일)
서울특별시 종로구 윤보선길 61(안국동)
농협 053-01-002876
전화 (02) 733-3039, 734-4798
FAX (02) 734-9209
Homepage / www.myungmundang.net
E-mail / mmdbook1@hanmail.net
등록 1977.11.19. 제1-148호

■

★ 낙장 및 파본은 교환해 드립니다.

★ 정가 20,000원
ISBN 979-11-91757-90-3 03810